DARF ICH DICH SCHATZ NENNEN UND SO TUN ALS WÄREN WIR ZUSAMMEN??

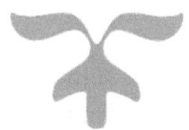

© 2018 Andrea Schmid

Verlag & Druck: tredition GmbH, Hamburg

ISBN

Paperback   978-3-7469-2780-0

E-Book   978-3-7469-2782-4

Mit Facebook fing alles an...

Nie wollte ich da rein. Ich, auf dem Präsentierteller! Das hat Konsequenzen, finde ich etwas toll, wird das exzessiv durchgezogen. Suchtmensch a'la carte.

Mein Bruder ließ mir keine Ruhe. Bingo, schon war ich im Netz. Adrenalin pur in diesem Moment. Es kamen jede Menge Freunde um die Ecke. Diese Beiträge, jeder hatte etwas zu sagen, für die Lachmuskeln war ebenfalls gesorgt. Diese Welt gefiel mir. Mein Sohn mit seiner Harley durfte natürlich nicht fehlen, mit seinem Einverständnis versteht sich. Sein einziger Kommentar:

»Mom, dein Ego!«

Ich weiß, er braucht das nicht. Starker Charakter, selbstbewusst, ehrlich. Wenn ich meine Kindheit mit seiner vergleiche, wird klar, ich hole mir im Netz die Aufmerksamkeit, die ich als Kind niemals hatte. Nie!

Mein Partner, ich werde ihn Gecki nennen, ist froh, wenn er mit all dem nichts zu tun hat, er sitzt beruflich täglich vorm Bildschirm.

»Du weißt schon was du tust,« ist des Öfteren sein Kommentar.

Für viele bin ich...

»Die auf'm roten Teppich«.

Ich arbeite in einem Store, mit rotem Teppich ausgelegt. Die besten Chefs der Welt, ein geregeltes Einkommen, einen Partner, auf den man sich verlassen kann. Mein Sohn ist der Kracher. Jackpot…!

Dennoch, irgendetwas läuft nicht rund, egal. Als ich wieder im Netz zugange war, fiel mir ein junger Mann auf, er veränderte alles.

Lennart.......!

Ein Westfale in Paris, 35 Jahre jung.

Kein Romantiker, denn Süßholzraspler habe und möchte ich nicht in meiner Liste. Ich stolperte über einen Beitrag, der mich auf ihn aufmerksam machte.

»Habe MS, bin trotzdem geil!«

Es dauerte nicht lange, schon war ich auf seiner Seite, ich nenne es mal ironisch, stalken. Am 13. Februar gab Lennart ins Netz:

»Morgen ist Valentinstag, wer möchte mein Valentinsschatz sein?«

Ohne weitere Kommentare.

Neugierig und ungeduldig, so bin ich vor 58 Jahren raus aus meinen Eierschalen.

Es packte mich! Ich wollte alles von diesem Menschen, der so einsam und fern von dieser Welt lebt, erfahren. Ich sah es als meine Aufgabe, Lennart zu helfen. Ein junger Mensch mit diesem Schicksal hat sicher etwas zu erzählen.

Ich kontaktierte ihn. Bingo...!

Sein erster Kommentar:

»Du darfst mich Lenny nennen.«

Mein Herz pochte etwas schneller als sonst. Flieg nicht zu hoch, du weißt nicht, wie du aufprallst und ich bin weiß Gott des Öfteren in meinem Leben auf den Boden geknallt. Doch es macht alles Sinn, wenn man zwischen den Zeilen liest. Wer A sagt, muss gar nichts, oder doch? Meine Neugier, größer als die Vernunft. Doch was heißt schon, Vernunft?!

Was hier geschah konnte kein Zufall sein.

Dieser Mensch, klug, ehrlich in seinen Erzählungen, introvertiert, frech, nicht scheu, und doch zurückhaltend, erzählte mir alles. Seine Geschichte begann mit den Worten:

»Ich hab weder Huntington, noch Creuzfeldt Jakob, MS wurde mir bestätigt. Leider ergab der Biopsie-Befund, dass mutierte Zellen an sämtlichen Organen wuchern. Komme soeben vom Arzt. Es sieht so aus als habe ich einen Hirntumor. Das ist so surreal. Vielleicht träume ich ja nur. Das wird es sein.

Ich will den Arzt anrufen und fragen, ob das wirklich stimmt. Ich kann mir das nicht vorstellen.«

Am nächsten Tag schrieb Lenny:

»Ich war heute Morgen beim Arzt und wir haben uns unterhalten. Er wollte eigentlich gestern noch vorbeikommen, aber der Berufsverkehr in Paris ist... na ja ich nenn es mal leicht chaotisch. Er ist sich zu 85% sicher, dass es ein Hirntumor ist. Ich werde eine Woche im Krankenhaus bleiben müssen. Wenn die Diagnose gesetzt ist, fängt die Therapie

an. Ich soll mich nicht zu sehr aufregen. Tumor heißt nicht immer gleich früher Tod.«

Es war an der Zeit Lenny nach seiner Familie zu fragen.

»Zu meinen Eltern habe ich keinen Kontakt. Mein Bruder und meine Schwester sind vor fünf Jahren bei einem Autounfall gestorben. Wir kamen zu dritt nach Paris. Mein Bruder ist frontal in einen Sattel- zug rein, bei 90 kmh.«

Das musste ich erst mal sacken lassen.

Ich erschrak auf die Frage nach Freunden...

»Freunde? Ich bin ein miserabler Gesprächs- partner und Mensch, rate warum ich alleine bin!

Vor ein paar Jahren ist meine Frau verstorben, wir hatten gerade erst geheiratet. Wir waren zusam- men an den Docks wo das britische Kriegsschiff aus dem zweiten Weltkrieg vor Anker liegt. Wir standen gerade am Pier, sie ist einfach umgekippt und ins Wasser gefallen. Der Arzt sagt, sie war tot bevor sie im Wasser angekommen war, aber woran sie gestorben ist weiß man nicht. Der einzige tröst- liche Gedanke daran ist, dass sie nicht gelitten hat.

Jetzt muss ich mich damit abfinden, dass es für mich endet. Aber gleich wer uns im Leben verlässt und ins Totenreich einzieht, dort wo sie jetzt sind, geht es ihnen vielleicht besser. Der Tod ist nur ein Übergang in einen anderen Zustand. Forscher sa- gen nach dem Tod kann es kein nichts geben. Es gibt kein nichts. Wir wechseln nur in einen anderen

Zustand. Ob wir uns dessen bewusst sind ist eine andere Frage.«

Erst mal n Kaffee. Ich hatte dennoch Zweifel, zu spät, war schon drin...

...im Boot!

Hypochonder ist mein zweiter Vorname, ich dachte ebenfalls über das Helfersyndrom nach. Mir war egal, was die anderen sagen, ich wollte den Kontakt zu Lenny nicht abbrechen. Warum? Ich hatte nichts zu verlieren!

Er ist ein Mensch, der oft mit einer gewissen Ironie um die Ecke kommt.

Es dauerte zwei Tage, bis er antwortete:

> *»Ich bin immer durch den Wind. Manchmal weiß ich gar nicht warum ich in einen Raum gegangen bin und was ich dort machen wollte. Oder ich gehe einkaufen, vergesse aber genau, dass was ich brauchte. Am schlimmsten ist es aber im Bett, denn ich vergesse beim Schlafen immer die Uhrzeit im Auge zu behalten. Hust.«*

Da war es wieder. Hust! Auf diese Art macht er auf seinen Witz und seinen Humor aufmerksam. So schlecht kann dieser Mensch nicht sein.

Er schrieb erneut:

> *»Ich geh nachher ein bisschen durch die Stadt, das Wetter lockert sich gerade etwas auf.*

Ich sitze gerne im Parc de la Légion d' Honneur um mal den Kopf freizukriegen. Und in der Kathedrale ist es praktisch still.

Verlieb dich nicht in mich. Hust.«

Da war sie wieder, seine schelmische Art.

»Junge, ich bin viel zu alt für dich, ich könnte deine Mutter sein, mein Sohn ist fast in deinem Alter, okay er ist 27, du bist frech.«

»Ich bin der liebste Mensch der Welt. Ne, manchmal sage ich etwas, bevor ich nachdenke...Hust. Übrigens, die Fotos, die ich reingestellt habe, sind mindestens 15 Jahre alt. Du würdest mich, denke ich, nicht wiedererkennen, solltest du irgendwann vor mir steh'n. Es sind die Tabletten.

Werde mich jetzt um meine drei Lieblinge kümmern.«

Es dauerte zwei Stunden bis er mich wissen ließ, dass er seine Viecher meinte, er nannte seine Lieblinge Viecher. Die drei heißen Schlabberhose, Fellstiefel und Aurelia. Für Namen hat er ein Händchen, das muss man ihm lassen.

Ich vernahm die letzten Worte von Lenny, bevor er in die Klinik kam.

»Das ist das Schöne an Paris... Es gibt in der Stadt freies Internet... Ich höre gerade Sophie Ellen Baxtor. Ich habe sie mal in der Stadt getroffen beim shoppen und sie hat mir ein Schmatz auf die

Wange gegeben. Da war ich total platt. Ich erinnere mich gerne an sowas... Möchte noch Ellie Golding kennen lernen, ich liebe diese Frau abgöttisch. Und ich möchte Neuseeland sehen. Ich heul gerade wie ein Schlosshund.«

Ich fand das alles surreal. Ellie, wer ist Ellie Golding? Egal. Ein Treffen mit ihr muss her. Überraschung, so was geht immer, wenn jemand sterbenskrank ist. Ich googelte. Eine Sängerin in London. Zweimal schrieb ich ihr, herzzerreißend. Ich schrieb Lenny, ein Treffen mit Ellie zu planen. Eine Woche verging.

Ich kontrollierte öfter die Zeiten, wann er online war. Es blieb nur abzuwarten bis er sich meldet. Was er schrieb ließ mich zweifeln, ich war sauer!

»Ich bin im Krankenhaus. Aber unfreiwillig, weil mich so ein Depp angefahren hat. Mein rechtes Bein ist Matsch, der Arm ist gebrochen, drei Rippen sind gequetscht und ich hab ne Gehirnerschütterung noch dazu. Grmml.«

Ich war skeptisch, so forderte ich das Attest seiner Krankheit, Fotos, ich wollte alles. Er schrieb:

»Ich hab gestern die Biopsie Befunde bekommen und der Hirntumor ist bestätigt. Mein Arzt sagt auch, dass der Tumor bereits gestreut hat. Sämtliche Organe sind befallen. Er ist inoperabel. Mit der Chemo kann ich noch ein paar Monate rauskitzeln.

Ironie der Geschichte, ich hatte erst meinen Master gemacht, und hab für's Alter vorgesorgt. Werde

*meiner Mom nichts erzählen, weil noch ein Kind
zu verlieren, würde sie zerstören. Dann hat sie keinen mehr und ich war ja immer schon ihr kleiner
Liebling. Ich brauch jemanden, der sich um mein
Profil bei Facebook kümmert, sollte ich nicht mehr
da sein. Da kann man die E-Mail von jemanden
eintragen, der dann für den Nachlass zuständig ist
und das Profil in den Erinnerungszustand schalten
kann. Das ist zwar unwichtig aber für die, die mich
immer kontaktieren sollten wissen was los ist wenn
ich nicht mehr schreibe.*

Ich möchte Sex. Hust.«

Er bekam aus Verlegenheit einen Lachsticker.

Höchste Zeit, meine Fragen zu stellen:

»Ich möchte Fotos, sofort. Dein Krankenzimmer, dein
Attest, dein Gipsbein, alles! Es ist wichtig für mich, zu
wissen mit wem ich es zu tun habe! Wir sind hier im Netz,
ich bin ein Original wie du siehst, ich bin echt.«

Werde seh'n was passiert, wenn Lenny schon mit Sex
rüberkommt, Notbremse ziehen.

Die Antwort ließ nicht lange auf sich warten:

*»Andrea, mich hat noch nie jemand so auseinan-
dergenommen, du bist schon ein Original, das
muss man dir lassen. Ich schicke dir die Fotos.*

*Ich bekomme nicht mehr mit, was du schreibst…
ich werde gerade in mein Zimmer geschoben. Da
ist jemand sauer auf mich. Kann sein, dass ich*

gleich wieder weg bin. Versuche mein Handy zu verstecken.«

Ich durfte nicht ablenken, die Fotos! Bingo, alles was ich wollte, ein witziges Foto des Arztes und der Krankenschwester durfte natürlich nicht fehlen, ebenso das Attest, auf Französisch versteht sich. Ich recherchierte. Lenny reagierte etwas ironisch weil ich ihm nicht vertraute, doch das war mir egal, sofort kam die Retourkutsche.

»Ich habe die Krankenschwester gefragt, ob sie Sex mit mir möchte. Sie schmunzelte und ging raus, schade. Meinst du es war ihr peinlich?«

Typisch Lenny, um nichts verlegen. Sein schwarzer Humor gefiel mir.

Ich schlug ein Treffen in Paris vor. Ein Abenteuer, dass ich sicherlich nie vergessen werde inklusive einer traumhaft, wunderschönen Stadt.

Ich weiß, ich begebe mich in tiefe, dunkle Gewässer. Das Risiko gehe ich ein, wer A sagt…! Nach Paris wollte ich schon immer, kann man gut mit dem Treffen verbinden.

Als Lenny wieder unbeobachtet an sein Handy konnte, stellte er mir eine Frage, die mich wie ein Blitz traf:

»Darf ich dich Schatz nennen und so tun als wären wir zusammen??«

Ich war baff und antwortete sofort:

»Klar, natürlich darfst du!«

Lenny würde mich niemals Schatz nennen, das ist nicht seine Art. Es muss schmerzlich für ihn sein, da niemand bei ihm ist, der ihn unterstützt.

Ich dachte noch einmal über die Verwaltung seines Facebook Kontos nach.

Mir fiel ein Freund ein, Thomas, Fachmann für Computer. Ihn werde ich fragen, in Sachen Facebook-Konto von Lenny.

Die Tage darauf, trübsinnig, regnerisch und kalt. Ich dachte über mein Leben nach, diese Probleme, über die wir uns ständig Gedanken machen. Meine grösste Sorge, bekomme ich genug Rente, dass es zum Überleben reicht? Fragen über Fragen.

Es wird Zeit die Gedanken neu zu ordnen, neu zu planen.

Lebe! Ständig an die Zukunft denken macht wenig Sinn, es kommt doch meistens anders als man plant. Wie viele Sommer kann ich noch zählen?

Meine Eltern und Großeltern starben an Krebs, meine Mutter in meinen Armen.

Lennys Worte:

>>*Ja, ich verstehe warum du Zweifel hast. Kann es wirklich so viel Ungerechtigkeit geben, die sich auf einem einzigen Menschen entlädt? Ich Zweifel manchmal auch daran und denke mir, dass ich wohl nur träume. Ich bin gestern nach der Diagnose voll ausgedreht und hab mit Sachen geworfen. Hab ne Morphium Infusion bekommen und lag bis eben flach. Bin immernoch ganz matschig im Kopf,*

bekomme aber immer noch Beruhigungsmittel. Na ja, ohne geht es auch nicht mehr. Ich frage mich die ganze Zeit, was aus meinen Sachen und meinen Viechern wird. Ich hab noch so viele Stofftiere, die ich gar nicht hergeben mag. Ich kann sie ja auch nicht wegwerfen, weil sie mir so lieb sind und ich ohne sie einsam wäre. Was wird dann aus meinen Mäuschen, sie sollen nicht einfach eingeschläfert werden und wo will ich beerdigt werden und oh Gott ich brech wieder ein.«

In diesem Moment hätte ich mir gewünscht bei ihm zu sein, bis er eingeschlafen war. Es vergingenen Wochen, ohne eine Nachricht von Lenny.

Ich war sehr überrascht als die Botschaft sich kürzlich bei mir meldete, der Herr erkundigte sich nach Familienangehörigen. Lenny sei ohne Bewusstsein und bereits in der Klinik. Ich kontaktierte Lenny, fragte ihn ob er versorgt sei und Freunde hat, die sich kümmern. Mir war klar, dass er niemanden hatte. Es dauerte Tage bis er sich meldete.

»Was, wer, ich? Versorgt? Ich bin niemand, um den man sich freiwillig kümmert. Eher noch fällt mir ein Asteroid auf den Kopf, als der Tag eintritt, dass mir jemand unentgeltlich helfen würde.«

Bei mir zu Hause wartet seit längerem ein Kuscheltier auf ihn, ich weiß, Lenny verliebt sich, wenn er es sieht. Er bekam ein Foto mit den Worten:

»Ich gehöre dir, doch ich brauche einen Namen.«

»Haben will! Sofort!!!«

Obwohl es geschrieben war, hörte ich diese Worte. Es klang wie ein verzweifeltes Kind, das nach Liebe sucht. Ich konnte seine stummen Schreie hören.

Socke soll es heißen. Sicher? Ich wiederholte, Socke? Nachdem er schon einen Fellstiefel zu Hause hat. Wie gesagt, ein Händchen für Namen. Ich antwortete:

»Du holst dir Socke, oder du wartest, bis ich nach Paris komme. Magst du mir nicht endlich ein aktuelles Foto von dir schicken? Ja, Nein? Wer weiß?«

»Andrea, heul nicht, wenn ich mich länger nicht melde, ich bin gerne für mich und kann mit Aufmerksamkeit nicht so gut umgehen!

Mir ist auf der Straße eine Arterie geplatzt. Ich bin in der Klinik wach geworden und hatte so ein mieses Ziehen im Kopf, dazu Atemnot. Zuerst war die Sicht rötlich verschwommen durch den Bluteinfluss, jetzt ist das Auge blind. Mich hat es voll niedergestreckt, bin noch in der Klinik. Der Arzt sagt, es ist möglich, das wieder in Ordnung zu bringen. Hab dem Arzt gesagt, ich leg mich schon mal in ein Loch auf den Friedhof. Dann mach ich keine Arbeit, wenn ich sterbe.«

Zwei Tage später – ich war erleichtert, als er sagte, er könne wieder sehen. Lenny hat niemanden, er wird unsere Erde verlassen, in eine andere Welt, und ich kann nichts dagegen tun. Ich riet ihm:

»Es ist fünf vor zwölf, wenn du kannst, stell die Welt auf den Kopf.«

»Manchmal bleibt einem weniger Zeit als man denkt und sich wünscht. Plötzlich sind alle deine Träume dahin und du musst mit dem leben was dir noch bleibt. Leider verlassen dich auch noch alle Menschen, die dir einmal wichtig waren, weil sie nicht mit ansehen wollen, wie du stirbst. Am Ende sterben wir alle alleine. Ich hätte es mir aber anders gewünscht.«

Irgendwann macht alles Sinn. Ob es eine Lektion ist, wer weiß das schon. Den größten Kampf kämpft man immer allein.

»Ich habe letzte Nacht von dir geträumt. Wir haben zusammengewohnt. Und du wolltest für das Badezimmer unbedingt ein Bidet, aber ich hab gesagt wer braucht sowas?«

»Du! Männer brauchen sowas.« Wie er das wusste, konnte er im Traum Gedanken lesen? Ich hatte das Gefühl, er möchte mehr von mir wissen.

Wenn Lenny so einen schweren Rucksack mit sich trägt, wollte ich ihn ermutigen einiges davon auszupacken. So erzählte ich ihm meine Geschichte:

»Wenn du geboren wirst, bekommst du eine bestimmte Anzahl Schlüssel. Es liegt an dir, die passenden Türen zu finden. Die Schlüssel passen nicht in jedes Schloss und ob es der passende Raum für dich ist, liegt in deiner Hand. Es gibt Türen für Schule, Liebe, Beruf, Krankheit, Freunde und für alles was für dich wichtig ist. Du kannst Schlüssel verlieren, doch zur Not stehen Türen offen. Es gehört Mut dazu, die richtigen zu finden. Ich habe schon viele Schlüssel verloren, bin oft in falsche Räume gegangen. Doch ich habe immer wieder rausgefunden. Wichtig für mich waren die Türen: Freunde, Liebe, Beruf. Ich landete des Öfteren in einem Irrgarten. Man sieht es von außen nicht, denn am Anfang sieht jeder Raum gleich aus. Es liegt an dir, ihn zu gestalten, ob er hell und groß genug ist für dich und ob du bleiben möchtest.

Als ich geboren wurde, konnte ich als Säugling die Tür noch nicht selber bestimmen, da wurde ich nach sechs Wochen hineingegeben. Zwei Jahre habe ich ohne meine Eltern bei meiner Großmutter in Bayern verbracht. Dann wurde der Raum groß und hell, dass meine Eltern Angst hatten, ich würde nicht mehr zurückwollen... in ihre Welt.

So nahmen sie mich mit, als sie zu Besuch waren, ohne zu überlegen. So verließ ich die vertraute Welt meiner Großmutter und zog unfreiwillig zu meinen Eltern nach Baden-Württemberg. Ich war gerade zwei Jahre alt. Doch der Raum bei ihnen war mir nicht hell genug. Es wurde mit der Zeit so eng, dass ich keine Luft bekam. Räume der Sehnsucht und Einsamkeit, ich wurde krank, weil ich nichts essen konnte und alles erbrach. Meine Mutter versuchte alles, doch auf jeder Tür stand Heimweh, auf keiner stand Halt, Liebe, Schutz und Sicherheit. Irgendwann gewöhnte ich mich daran.

Als ich zehn Jahre alt war, verließ mein Vater meine Welt. Unfreiwillig, Scheidung! Meine Mutter wollte es so. Er war mein Anker.

Schule hat mich nie interessiert, ich lief gerade so mit.

Lass uns in die Tür »Idole« reinschau'n, all meine Stars, die Wände waren voll davon. Meine kleine Welt, die Musik. Ich begann zu singen, das half mir sehr. Mein erster öffentlicher Song von Heintje,

»Ich bau dir ein Schloss.« Eines meiner schönsten Erlebnisse. Ich war neun Jahre alt.

Meine Bezugspersonen in dieser Zeit waren mein jüngerer Bruder Jo, meine treue Freundin Ilka-sie ist es heute noch-und meine liebe Barbara West. Sie ist Amerikanerin und sprach kein Wort Deutsch. Durch das tägliche Treffen mit Barbara war mein Englisch hervorragend, so musste ich nicht mehr am Englischunterricht teilnehmen. Mega, so hatte ich zweimal die Woche eine Unterrichtsstunde früher frei.

Barbara und ich waren zwölf Jahre alt, als wir uns kennenlernten, für sie war ich Audrey, das gefiel mir. Sie ließ mich an ihrem Leben teilhaben. Nachdem wir täglich nach der Schule, drei Jahre miteinander verbrachten, trennten sich unsere Wege, sie ging zurück nach Colorado. Ich habe ihr Leben mitgelebt. Mir gefiel die lockere Lebensweise.

»Wenn ich 18 bin, will ich über den großen Teich,« ich erzählte es jedem, zählte die Jahre und führte Strichlisten. Jedoch kommt es meistens anders, wie man weiß. Ich verlor sie aus den Augen, leider habe ich sie nie wiedergefunden. Ich suche heute noch nach ihr, auch im Netz, versteht sich.

Das war meine Kindheit. Ich kannte die Räume der Gewalt, der Enttäuschung, der Einsamkeit und die des Missbrauchs. Ich war immer wieder auf der Suche nach der Tür Sicherheit, Liebe und Vertrauen. Wie sagte kürzlich ein Freund:

»Für verlorenes Vertrauen gibt es kein Fundbüro.«

Das Fundament fehlte, dass dir gegeben wird, durch Stabilität. Eltern sind wie sie sind, ich kenne ihre Geschichte, keiner ist vollkommen. Sie versuchten alles und wollten lediglich, dass es mir gut geht. Ob wir bessere Eltern sind? Es wäre gut, auch mal darüber nachzudenken! Kommen wir zu den Schlüsseln. Ich hatte keine mehr, doch ich wusste, mir standen alle Türen offen. Man braucht nur Mut, in die richtigen zu geh'n. Ich war des Öfteren verliebt, und hatte Schwierigkeiten die Tür »Liebe« zu finden. Doch ich hatte die Kraft, die Pforte zu durchbrechen, denn ich war ein starkes Mädchen und fand mit 26 Jahren tatsächlich mein Zuhause, mit meinem Traummann.

Das Schönste was mir in dieser Zeit passieren konnte, war die Geburt meines Sohnes Dominik. Es ist Liebe, Freude, Vertrauen und Verantwortung bei uns eingezogen. Doch nach ein paar Jahren wurden die Räume dunkler und beengender. Es war mir nicht mehr möglich, sie für mich zu verschönern. So verließ ich sie mit meinem Sohn, als er drei Jahre alt war. Ein Freund sagte mir vor ein paar Monaten, zwischen dem ersten und siebten Lebensjahr werden die Weichen gestellt, jeder weiß das, so wollte ich das Richtige tun.

Sein Vater und ich hatten die Achtung voreinander nie verloren, warum auch? Ich liebte ihn, doch jemanden zu lieben, und mit ihm zu leben...! Wir verstehen uns und sind Freunde geblieben.

Dominik und sein Vater sind ein tolles Team.

Für meinen Sohn war ich vielmehr Freundin als Mutter. Das war möglich, denn er wusste genau, wer das Sagen hat, wenn es darauf ankam. Dominik hat es mir stets einfach gemacht. Es war ein leichtes ihn zu erziehen. Die Überlegung, ob erziehen wirklich das richtige Wort ist. Mein Sohn erzählte mir, wenn er etwas oder auf dem Herzen hatte. Er wusste, ich hielt ihm den Rücken frei, ohne Verbote. Wir redeten über alles, das war der Schlüssel. Es lag an ihm, die Konsequenzen zu tragen. Für mich war es das fröhlichste Kind.

Dominik war 13 Jahre alt, als er mir erzählte, dass sein Dad ihm an einem Wochenende Hausarrest geben wollte, als er mal Mist baute.

»Dad, ich hatte bei Mom nie Hausarrest, und Tschüss!«

Dominik hat die Türen für sich sofort gefunden, in dem er die Räume strahlen ließ. Er musste nicht lange suchen. Zur Tür »Liebe« verirrt er sich noch etwas, doch das stört ihn nicht. Er hat noch alle Schlüssel.

Ich betrat die Türen Krankheiten.

»Hörsturz« in den 90ern.

Später »Hashimoto« eine Schilddrüsenerkrankung. Vor kurzem die Diagnose »RCS,« eine seltene, unheilbare Augenerkrankung, noch nicht ausreichend erforscht.

»Manager-Krankheit«, betonte mein Augenarzt. Ich komme mittlerweile gut damit klar, es ist viel besser geworden und ich weiß damit umzugehen. Der Körper rächt sich, für alles. Den »Stress-Level« niedrighalten, warnt mein Augenarzt, dann klappt das.

»Epstein-Barr« durfte ich ebenfalls begrüßen, ich muss sehr jung gewesen sein, doch ich entwickelte eine Immunität und bin es seit Jahrzehnten los.

Man lernt im Leben genauer hinzusehen.

Die Tür »Beruf« betrat ich vor acht Jahren erneut. »Mein roter Teppich«, genau das Richtige und ist es bis heute.

Meine Welt, in der ich meine Lebensfreude nie verloren habe und nach vorne blicke. Bin ich jemals erwachsen geworden? Jeder hat seinen Rucksack zu tragen. Man muss nur immer wieder den Mut aufbringen auszupacken. Wie sagte einst Christian Morgenstern?!

»Der Körper ist der Übersetzer der Seele ins Sichtbare.«

Bevor ich's vergesse, ich bin im Raum Stuttgart aufgewachsen, bis ich mit 15 nach Regensburg kam.

Meine Ausbildung war kein Zuckerschlecken. Es wurde mir nach sieben Jahren ebenfalls zu eng.

Die Tür der Freiheit holte mich, ich hatte keinen Job, doch das war nicht wichtig, ich wusste es wartet etwas Passendes auf mich und drückte mit meinen 23 Jahren noch einmal die Schulbank.

Ich ergriff die Chance und besuchte ein halbes Jahr das Seminar »Verhaltenspsychologie« Es half mir Vergangenes in meiner Kindheit zu bewältigen und lernte, das Verhalten der Menschen besser einschätzen zu können, was ich sehr interessant fand.

Danach übernahm ich selbst einen Laden, den ich wenige Jahre später nach dem Hörsturz wieder aufgab.

Mein Arzt sagte damals knallhart und ironisch:

»Etwas ist zuviel in Ihrem Leben. Das Haus in dem sie leben, oder der Laden. Sie sollten sich entscheiden, wenn Sie gesund bleiben wollen.«

Ich entschied mich den Laden herzugeben. Dominik war gerade zwei Jahre alt. Mein Lebensgefährte stand mir in dieser Zeit hilfreich zur Seite. Er unterstützte mich und übernahm alles, was sich an Schulden ansammelte. Dafür bin ich ihm für und ewig dankbar, ich hoffe er weiß das. Für unseren Sohn war es das wert.

Kommen wir zu meinen Eltern. Meine Mom, streng, kontrollierend, strukturiert und fürsorglich. Jedoch hilflos und sehr verletzt bezüglich meines Vaters, das fast auf mich abfärbte. Niemals konnte sie ihm verzeihen was er für ein Leben führte. Sie waren nur zehn Jahre verheiratet.

Er betrat immer wieder die Tür »Untreue«. Es waren turbulente Jahre, er verlor des Öfteren Geld beim Kartenspiel, meine Mutter litt sehr darunter.

Doch ich liebte ihn, selbst wenn er nicht der verlässlichste Vater war, den eine Tochter sich wünscht. Stets mit etwas anderem beschäftigt und ständig unterwegs. Doch er war der Einzige, der mir seine Gefühle zeigen konnte. Ein Mensch, der das letzte Hemd gab!

Mein Vater war sein ganzes Leben fleißig, nie krank. Trotz Whisky und Frauen wurde er fast 80 Jahre, er starb an Leukämie. Ein Lebemann, der sein Leben liebte und lebte. Auf seiner Tür stand womöglich:

»Nur für Gigolos«!

In der Mitte seines Lebens traf er eine kluge, liebenswerte Frau, genau die Richtige.

Als mein Vater starb, lernte ich meine Halbschwester und meinen Halbbruder kennen. Doch das ist eine andere Geschichte.«

Gespannt wartete ich auf ein Feedback von Lenny. Kaum zu glauben: *»Na Schatzi«*. Er gestand mir:

»Wer bist du nur? Eine Frau, die mich zum nachdenken bringt. Hatte schon einmal ne Freundin wie dich, ich erzählte ihr von meinem Leben und was alles passiert ist, wir waren nicht lange zusammen. Sie wollte keinen Kontakt mehr, weil sie Angst hatte dass mein Schicksal in vielerlei Hinsicht auf sie abfärben könnte.

Ich überlege mir zu einem anderen Arzt zu gehen. Was denkst du? Wäre es verschwendete Zeit? Wobei es ja heißt, keine Sekunde ist verschwendet, solange man sie in Hoffnung verbringt.«

Ich hätte es für mich genau so entschieden, wenn ich wüsste, die Chemo würde es lediglich einige Monate hinauszögern. Besser, man genießt die restliche Zeit.

Sollten wir uns jemals treffen, ich werde mich nicht fürchten. Ich hatte bezüglich solcher Dinge ein Gespür. Selten, dass ich mich täusche. Ich hatte schon einige Male diverse Vorahnungen, dies ist wie so oft, eine andere Geschichte. Ein schlechtes Vorzeichen zeigte sich, als mein Sohn geboren wurde. Ich erzählte es Lenny:

»Ich lag mit Fieber und Bronchitis zu Hause, ich hatte noch drei Wochen bis zur Geburt. Doch an diesem Tag war alles anders. Ein Gefühl der Angst überkam mich.

Peinlich, wenn ich am Spätnachmittag bei meinem Arzt aufschlage, ihm von meinem schlechten Gefühl erzähle. Egal, ich schlug bei ihm auf. Eine Stunde später war ich in der Klinik. Herztöne meines Sohnes zu schwach, Kaiserschnitt, sofort! Doch ich wusste, meinem Sohn und mir wird nichts passieren.

Ich war froh, dass ich keine Wehen hatte! Monate lang hatte ich mir ausgemalt, wie schlimm und schmerzlich es sein würde.

Meine Mutter wies mich stets zurecht, wenn ich mal wieder jammerte. Standardsatz:

»Krieg erst mal ein Kind, dann weißt du, was Schmerzen sind.«

Dominik lag an diesem Abend für einige Stunden im Brutkasten. Am Tag darauf war er übern Berg. Bei mir dauerte es noch etwas.

Zehn Tage dauerte unser Klinikaufenthalt. Das Wort Familie war mir dennoch etwas fremd. Selbst wenn sein Vater und ich nicht verheiratet waren, es störte mich nicht. Heiraten war für mich schon immer ein rotes Tuch.

Dies zum Thema Vorahnung, die sein Leben rettete. Hätte ich einen Tag länger gewartet, wäre es zu spät gewesen, laut meinem Arzt.

Lenny, nun kennst du nahezu alles aus meinem Leben.«

»Hast du mehr solche Geschichten? Erstaunlich, was du erlebt hast. Du bist bestimmt ne gute Fee, du weißt es nur nicht. Wann beginnst du Wünsche zu erfüllen? Ich stell mich schon mal an.«

Apropos Wunsch, es ist an der Zeit ein Treffen in Paris zu planen. Lenny ließ mich soeben wissen:

»Sollte es nicht klappen mit Paris dann machen wir das anders und ich komme zu dir. Dann gehen wir zusammenarbeiten, es macht mir nichts aus wenn du nicht frei hast. Du sagtest du hast Chefs, wieviele sind es denn?«

»Zwei! Es sind Brüder.«

»Ich vergesse viel in letzter Zeit. Das ist nicht mehr normal, wirklich nicht. Ich liege gerade im Bett, draußen ist es total stürmisch und ungemütlich.

Es gibt Neuigkeiten. Aurelia's Ei, sie hat es im Nistplatz liegen lassen. Es ist befruchtet. Und ich weiß auch schon wie ich sie oder ihn nenne! Wird es ein Mädchen, nenne ich es Haschmami, bei einem Jungen Haschpapi. Jeden Tag durchleuchtet ich das kleine Ei das Aurelia gelegt hat und ich kann dadurch mitverfolgen, wie ein neues Leben entsteht!

Meine Viecher sind sowas von aufgedreht. Ich brauche schon Kopfhörer um meinen PC zu hören.

Ich hab mir vorhin eine neue Kette für meinen Anhänger gekauft. Hab sie damals geschenkt bekommen und sie Jahre lang nicht mehr abgenommen, nie. Bis die Kette kaputt ging.

Ich kaufe dir eine schöne Kette, die ich letztens gesehen habe. Dann hast du eine Erinnerung an mich. Ich such dir was ganz Schönes aus. Welche Farbe magst du am liebsten?«

»Es gibt drei Lieblingsfarben: Grün, gelb und orange«, erwiderte ich.

Es gefiel mir, ihn so gut gelaunt zu erleben.

Ich war sehr aufgewühlt, denn diese Nachricht sprengte alles, was bisher geschah. Paris wurde immer wichtiger für mich. Ich überlegte lange, ob es die richtige Entscheidung war! Gefährliches Terrain, doch das hinderte mich nicht.

Seine Worte, ich habe sie immer wieder gelesen.

»Huhu...Tut mir leid das ich jetzt erst schreibe. Ich war den ganzen Tag an dicke Schläuche angeschlossen. Dialyse ist echt zum kotzen, habe einen 2 cm dicken Schlauch im Hals. Ich möchte das alles nicht mehr. Langsam dahin vegitieren und irgendwann völlig entkräftet sterben. Möchte selber

*entscheiden, wann wie und wo. Ich denke sobald
wir uns getroffen haben werde ich ein Ende setzen.
Damit man mich so in Erinnerung behält wie ich
bin und nicht, was die Krankheit aus mir machen
wird.«*

»Du wolltest noch einmal die Welt sehn, lass uns darüber
reden, geh zu einem anderen Arzt.«

Ich hatte keinen Einfluss, mir blieb lediglich die
Hoffnung. Ach Lenny, jetzt kam er mit Latein rüber.

*»Vita Nostra brevis est, brevi finietur. Venit mors
velociter, rapit nos atrociter nemini parcetur.«*

Er sagte, auf Latein hört es sich besser an. Übersetzung,
später.

Ich war froh drei Tage nichts von ihm zu hören. Denn auf
die Frage:

*»Was würdest du sagen, wenn ich dir erzähle, dass
ich dich liebe, damit aber nicht wirklich klar-
komme ...?«*

wusste ich keine Antwort. Was sagt man einem Menschen, der nicht mehr lange zu leben hat und glaubt mich
zu lieben, ich behaupte... glaubt.

Mein Sohn war der Überzeugung:

»Mom, DU bist sein Fels in der Brandung.«

Der letzte Strohhalm an den sich Lenny jetzt klammerte.
Seine Worte:

»Du bist die Einzige, die ich noch habe. Ich bin meistens sehr eklig zu den Menschen. Ich hatte mal ne Freundin, wir waren noch nicht lange zusammen. Irgendwann sagte ich etwas. Das war dann der Satz, der die Beziehung beendet hat.

Ich bin in zwei Wochen in Deutschland. Könnten uns da treffen. Was sagst du? Ja, Nein? Wer weiß?«

Auf die Frage nach einem Auto:

»Ne, ich hab keins, ich darf nicht mehr fahren. Wenn's nicht klappt, schreiben tun wir ja bis ich sterbe, und dann erst wieder, wenn jemand Smartphones im Jenseits erfindet.«

Den Tag darauf verärgerte ich ihn sehr mit meinem Kommentar, da ich glaubte, er lebt in Deutschland:

»Müsstest du nach Frankreich keine Auslandsvorwahl haben? Komm hör auf mit den Spielchen! Es macht Spaß, ich weiß, ich hab so etwas auch schon durch, doch ich war Teenager, lange Geschichte.«

»Ich steh etwas auf dem Schlauch.«

»Ich auch,« sagte ich und wählte seine Nummer.

»Bingo, ich habe dich ohne Vorwahl erreicht, das ist so viel ich weiß, im Ausland nicht möglich.«

War natürlich nicht richtig. Ich hätte mich ohrfeigen können. Denn seine Antwort war sehr heftig:

»Ich habe meine Nummer nie ändern lassen und bin damit umgezogen. Roaming kostet mich in meinem Tarif nix, warum sollte ich etwas ändern. Die deutsche Vorwahl bedeutet nur, dass diese Nummer in Deutschland registriert ist und von dort kommt, nicht dass sich die Person zwingend dort aufhält. Aber gut, du bist zu klug für mich. Ich bin extrem enttäuscht. Du willst alles über mein Leben wissen aber glaubst mir dann doch kein Wort. Du weißt so vieles über mich. Hoffe du hast ein kluges Gegenargument.«

Ich war total platt, doch wir konnten es nach einer längeren Diskussion klären. Mein Partner erklärte mir danach dasselbe, ich hätte mir das alles sparen können. Beinahe hätte ich es mir verbockt. Ich wollte die Unterhaltung mit Lenny nicht abbrechen und fragte ihn in welchem Stadium er sei:

»Ich rangiere im zweiten. Eine Chemo will ich trotzdem nicht. Die Nebenwirkungen können einfach zu krass sein und das würde mein Leben alles andere als angenehm machen. Na ja, vielleicht muss ich auch erst richtig ans Bett gefesselt sein, um die Vorteile der Chemo zu erkennen. Mein Arzt meint... Tapfer. Er könnte das nicht, sich selber zum Tode verurteilen.

Du? Darf ich dich was fragen?

Wenn es eine Frau gäbe die sich für mich interessiert und nein, es gibt niemanden. Was würdest du ihr sagen wollen bezüglich meiner Person?«

»Diese Frage ist nicht leicht zu beantworten, wir kennen uns nicht. Du sagst von dir selbst, du bist ein miserabler Mensch. Was erwartest du?! Doch ich würde ihr sagen, was ich heute erst gelesen habe. Wenn ein Mann zu schwierig ist, bist du zu schwach für ihn, und umgekehrt.«

Er fragte mich, warum?

»Ganz einfach, da du mit Sätzen rüberkommst die oft zu heftig sind, da braucht sie schon ein dickes Fell.«

Einige Tage vergingen, bis Lenny sich meldete:

> *»Ich lag drei Tage auf der Intensiv, weil ich fast erstickt wäre. Ich muss noch ein paar Tage bleiben, aber ich denke bis nächste Woche werde ich wohl wieder gehen dürfen. Das war das erste Mal, dass der Krebs bei mir fast zu Organversagen geführt hat. Ich war zwei Tage nicht wirklich da, aber ich hab von dir geträumt. Unsere Gespräche sind zwar immer toll, aber guck mal auf die Uhr...Ich kann nicht schlafen und mein Kopf explodiert.*
>
> *Hau dich hin Keule! Gute Nacht. Ja in Zukunft nenn ich dich Keule.«*

Lenny schickte noch einen Lachsticker nach, anschließend ein Selfie mit nacktem Oberkörper, sein Gesicht war leider überbelichtet, somit schlecht zu erkennen. Das zum Thema, Foto.

Fuck, 2:00 Uhr früh, die Zeit verging wie im Flug. Apropos Flug, Paris buchen.

Wir konnten beide nicht schlafen.

*»Du machst mich ganz affig. Paris ist halt keine
Stadt, wo man mal eben von heute auf morgen ein
billiges Zimmer bekommt. Paris war und ist schon
immer ein teures Pflaster, sowohl was das Leben,
als auch das Urlauben und nicht zu vergessen, das
Sterben angeht.*

*Wenn du was von der Stadt sehen willst, nehme ein
Hotel in der City, die Preise sind da etwas happiger als wenn du außerhalb buchst.«*

Von wegen, happiger. Ich werde eine andere Lösung finden, man braucht eben Geduld. Gespannt auf Paris und
diesen Menschen, der mir mit dieser bizarren Art, immer
wieder den Atem raubt. Wie sagte Lenny vor kurzem als
ich vorschlug, nach Paris zu reisen?

»Bist ein aufgewecktes Ding.«

Sollte er in unseren Gesprächen jemals ein Kompliment
rausrücken, so ist das eins.

Mein Partner riet mir:

»Komm trau dich, lerne ihn persönlich kennen, geh auf
Nummer sicher.«

Es dauerte Wochen, bis ich nach endlos langer Suche das
Richtige für mich fand. Nun konnte ich Lenny beweisen,
dass es möglich ist mit wenig Mitteln zu reisen.

Aus Überzeugung entschied ich mich für einen Wohnungstausch. Mir fiel ein Inserat auf: Eine junge Frau
wollte ein halbes Jahr nach Deutschland, Studienreise.
Bingo! Wir tauschen unsere Wohnung nach dem Motto:

Gefällt mir deins, bekommst du meins. Ihr Name ist Claire. Ich fragte sie neugierig:

»Du wohnst in der Nähe von Notre-Dame. Wie kann man an so einem wunderbaren Platz leben?«

Sie lachte und erwiderte:

»Das Haus ist Familienbesitz seit vielen Generationen. Mein Vater war mit mir in Deutschland, als der Papst Regensburg besuchte, vor Jahren. Die Gässchen mit dem besonderen Flair dieser Stadt, für mich unvergesslich.«

Da ich zentral wohne, sagte sie sofort zu.

Lenny wusste nichts davon, Überraschung!

In unseren Gesprächen erwähnte er, am Flughafen jemanden abzuholen, am Tag meiner Anreise. So entschied ich mich, diesen Tag zu wählen. Tausend Gedanken schossen mir durch den Kopf. Verständlich, nach dieser Aktion. Zwei Wochen hatte ich Zeit, alles vorzubereiten. Bis ich mich umschaute, war es auch schon so weit.

Ich warf mir noch eine Reisetablette ein. Ich musste aufpassen, um nicht mit meinen Gefühlen Achterbahn zu fahren... mein Auge. Adrenalin, Cortisol. Ich tröstete mich und nannte es positiver Stress.

Ich musste früh los, der Flug ging um acht Uhr morgens.

Nach der Landung konnte ich es nicht erwarten und freute mich auf die Wohnung von Claire.

Beim Ausgang sah ich einen attraktiven Mann mit einem atemberaubenden Lächeln auf mich zukommen, er fragte mich:

»Bist du nicht...?«

Sofort lenkte ich ein: »Ja ich bin's.«

Dieser Zufall, er erkannte mich sofort, doch er war nicht überrascht, als er mich sah. Ist er es wirklich? Anders, er sah älter aus als 35 und älter als auf den Fotos. Lenny erwähnte es schon in unseren Gesprächen, dass ich ihn möglicherweise nicht erkennen werde, sollte er irgendwann vor mir stehen.

Wow. Dieses Lächeln, ich habe eine Schwäche für Lächelnde...!

Na ja, egal. Er war überaus freundlich, was nicht zu Lenny passte, ebenso wunderte mich der englische Akzent.

»Ich habe dich sofort an den Haaren und dem gelben Sommermantel erkannt.«

Die Haare, war klar. Er fügte hinzu:

»Soeben wollte ich einen Flug zu meinen Eltern buchen, zwecks meiner Krankheit, doch das hat Zeit.«

Eltern? Ich war verblüfft. Fand er wieder Kontakt zu ihnen?

Wir einigten uns, nicht über Krankheiten zu sprechen, er meinte ich solle die Zeit hier genießen. Er machte auf mich einen fröhlichen Eindruck, nicht als wäre er schwerkrank.

Er ist dieser Typ, der sich ständig durch die welligen Haare strich, ich mag das, schon immer!

Dreitagebart, ca.1.80 groß. Blendend weiße Zähne. Dasselbe Lächeln von Jeffrey... wie hieß dieser Schauspieler?

Ich war etwas durcheinander. Auf den Fotos zeigte er stets diesen strengen Blick, niemals ein Lächeln.

Den grünen Cashmere Pullover trug er lässig um die Schultern. Er weiß, ich liebe diese Farbe.

Er brachte mich zum Schmunzeln, denn er musterte mich unentwegt und erwähnte:

> *»Du, die täglich auf'm roten Teppich steht, macht mit mir die Stadt unsicher. Das kann doch kein Zufall sein.«*

Nein, dachte ich, das war von mir längst geplante Sache.

Wir gingen den Weg zu meiner Tauschwohnung, als kenne er sie. Schlüssel in der Blumenampel. Perfekt.

> *»Entspann dich erst mal, um die Ecke befindet sich ein schnuckliches Café. Treff so gegen 19 Uhr?«*

Ein Bad, etwas Entspannung. Perfekt. Ich schaute mich noch einmal um, verschnaufte ein wenig, bevor ich die Wohnung betrat. Ein Traum. Paris, hier bin ich. Was kann schöner sein, als das, was ich hier sah.

Ich freute mich wie ein kleines Kind... mega, eine XXL Badewanne. Das letzte Entspannungsbad hatte ich vor neun Jahren. Nach dem Bad schlief ich ein, auf einem prachtvollen XXL Sofa.

Etwas verspätet betrat ich das Café, er war leider nicht mehr zu sehen, es duftete nach Zimt und Marzipan, ich blieb und lauschte einem Gespräch das aus der hinteren Ecke kam:

>*»Darling it's okay, have a great time in Germany, love you.«*

»Sitzt du immer so versteckt? Entschuldige bitte meine Verspätung, es ist nicht meine Art. Die Megawanne war schuld, ebenso das saubequeme Sofa, ich bin eingeschlafen.«

Er ist auch jemand, der sich gerne in Eckchen verkroch.

Ich spürte einen Hauch verletzten Stolz und dachte, ich wäre seine einzige Vertraute. Er hat mir nie von Darling erzählt.

Zügle deine Neugier. Ich dachte mir Morgen…Ja Morgen werde ich ihn fragen.

In dieser kurzen Zeit, die wir hier verbrachten, wollte er eine Menge von mir wissen. Mich wunderte es, denn in unseren Gesprächen hat er sich nicht wirklich für mein Leben interessiert, warum auch? Er hatte genug mit seiner Krankheit zu tun.

Er hatte noch einen Termin und schlug vor, uns hier zum Frühstück zu treffen.

Nachdem wir uns verabschiedeten, wollte ich noch nicht sofort in die Wohnung zurück, sie war mir noch etwas fremd. Paris war am Abend viel zu schön, um nach Hause zu geh'n.

Nicht weit vom Eifelturm entfernt, sah ich einen jungen Mann, dieser ernste Blick. Nein das kann nicht sein, ich wollte ihn einholen, plötzlich verschwand er. Lenny? Ich war zu übermüdet, um diese Situation einordnen zu können.

Der nächste Morgen, die Sonne weckte mich. Es war unbeschreiblich, ich befand mich in unmittelbarer Nähe von Notre Dame und konnte die Türme der Kathedrale von meinem Bett aus sehen. Der kräftige Glockenschlag war unüberhörbar.

Mir fiel das Café ein, das Frühstück, diesmal pünktlich. Er hatte schon einen gemütlichen, versteckten Tisch ausgesucht.

Ich war neugierig:

»Wo ist Darling?«

Er schaute etwas verlegen und lachte.

»Darling?

Stimmt, mein Telefongespräch gestern. Es gibt nur ein Mädel, das ich Darling nenne, meine Tochter.«

Mein Herz klopfte bis zum Hals.

»Tochter? Ich bin fassungslos, sag wer bist du?«

»Tut mir leid, es ist unhöflich ich habe mich noch gar nicht vorgestellt, mein Name ist Daniel – Daniel Benet.

Ich bin Engländer, 45 Jahre alt und lebe schon seit längerer Zeit in Paris.

Ich dachte du wüsstest es, von meiner Tochter.«

Der Kloß im Hals verhinderte etwas zu sagen. Ich war wie gelähmt. Wie konnte ich nur, – geblendet von Paris – sieht jeder aus wie Lenny. Ich hätte es wissen müssen, der englische Akzent.

»Ich suche nach einem Freund, den ich nur von alten Fotos kenne. Er kommt aus Westfalen und lebt hier in Paris.

Du hast mich am Flughafen angesprochen, ich dachte du…! Bist Lennart.«

Ich war noch immer wie versteinert. Er erzählte mir von seiner Tochter die sich gerade in Deutschland aufhält.

»Ich wollte dich auf dem Flughafen treffen. Meine Tochter wusste, wann du fliegst und zeigte mir Fotos von dir im Internet, so wusste ich wie du aussiehst und war neugierig. Ich muss doch wissen, wer sich in der Wohnung meiner Tochter aufhält. Sie ist gerade 22 Jahre alt geworden, studiert unter anderem Germanistik und möchte ein halbes Jahr lang Deutschland bereisen.«

Ich war immernoch neben der Spur und erzählte ihm die ganze Geschichte. Er zeigte sich gerührt und verständnisvoll. Daniel schlug vor mir zu helfen. Er gab mir seine Visitenkarte, verabschiedete sich freundlich, allerdings etwas wehmütig.

Nun saß ich hier, ein Hauch Enttäuschung war mir anzusehn.

Lenny... Wo bist du??!

Sollte ich seine Nummer wählen? Er wird nicht rangeh'n. So ließ ich ihn über eine Nachricht wissen, dass ich in Paris bin. Der Zeitstempel zeigte mir, er war drei Tage nicht online.

Mir fiel ein, hier in der Nähe gibt es einen Club, sein Stammlokal, Havanna! Das Essen dort soll lecker sein. Diesen Weg ging ich zu Fuß. Ich wollte den restlichen Tag dort verbringen. Mir fielen seine Worte ein:

> *Und da bin ich wieder. Alleine in einer Bar und versuchte ein Mädchen abzuschleppen. Sieht aber eher düster aus.*

»Sei charmant! Nicht so frech wie zu mir.«

Lachsticker hinterher, man weiß nie.

> *Ich mach gar nichts, ich sitze nur hier und gucke durch die Gegend, während ich an meinem Kaffee Melange nippe. Komm nicht auf die Idee zu sagen ich solle flirten. Antwort, Nein! Und deshalb werde ich alleine sterben. Du kommst eh nicht.*

Zwei Stunden saß ich hier, entmutigt.

Als könnte Lenny meine Gedanken lesen, bekam ich die Nachricht:

> *Warum jetzt schon??? Und wo bist du jetzt?*

Einen kurzen Moment dachte ich er wäre verärgert und erwiderte etwas verlegen:

»Im Havanna Dings, deinem Lieblings Club.«

Lenny erwähnte es in unseren Gesprächen, dass er nur selten zu erreichen ist. Doch ich war froh, dass er wusste wo ich mich aufhalte. Es dauerte bis ich eine Antwort bekam:

»Bin gleich da.«

Dieser Kerl ist eigenartig, oder ich zu alt, um das zu verstehen.

Es wird Zeit mein Adrenalin runterzufahren. Vertieft in mein Getränk hörte ich ihn rufen:

»Hier ist sie ja, meine Keule, oder soll ich Schatz sagen?!«

Lenny!!

Sein Humor. Warum fragte er mich nicht,

»darf ich dich Keule nennen...?«

Hätte besser zu ihm gepasst.

Wir quatschten über so vieles, nur nicht über ihn. Mir fiel auf, ich verbrachte mehr Zeit in den Cafés, als mir Paris anzusehen.

Lenny hatte nur wenig Zeit. Er zeigte sich etwas ruhelos. Mir fiel auf, sein Aussehen hat sich nicht sehr verändert, man konnte ihn schon erkennen. Er hatte lediglich ein paar Kilo mehr und die Haare waren etwas länger als auf den Fotos.

»Ich muss los, eigentlich dachte ich wir fallen übereinander her und schaffen es nicht mal uns

vorher auszuziehen, egal wo wir gerade sind. Hust...! Ja ich weiß, du hast n' Kerl.«

Das ist Lenny, frech und um nichts verlegen.

Nach einer Weile trennten sich unsere Wege. Er fragte nicht nach, er bestimmte schlichtweg:

»Morgen, Frühstück bei mir. Bye bye Keule.«

Er gab mir noch schnell seine Adresse, schon war er um die Ecke.

Wir wollten über seine Krankheit sprechen. So traurig es klingt, auch die Trauerrede vorbereiten, was möchte er für eine Beerdigung, nicht zu vergessen, die Musik. Es gibt so vieles, über das wir nicht gesprochen hatten.

Ob ich es schaffe, ohne in Tränen auszubrechen?

Der nächste Morgen, ich war noch nicht wirklich wach, sah der blaue Himmel eher grau aus. Doch es war nicht wichtig, ich freute mich auf das Frühstück mit Lenny. Ein Fußweg von 20 Minuten. Ich wurde ungeduldig, er öffnete nicht. Ich erreichte ihn weder am Telefon, noch reagierte er auf meine Nachricht. Der Zeitstempel war noch vom Vortag 14:00 Uhr.

Der Park gegenüber, eine Möglichkeit um über den nächsten Plan nachzudenken. Mir fiel eine witzige Nachricht von Lenny ein:

»Ich habe viel nachgedacht und überlegt wie ich das Problem angehe. Nein, niemand kennt mich mittlerweile so wie du. Und es wird mich auch niemand jemals wieder so kennen wie du. Du hast

*mich immerhin schon halb nackt gesehen, das soll
was heißen! Das kann ich von dir nicht sagen.*

*Wann kommst du nach Paris? Lass mich raten, du
kommst eh nicht.«*

Das brachte mich zum Schmunzeln und lenkte mich etwas ab. Fakt ist, niemand weiß, wo er sich aufhält. Ob er
wieder in der Klinik ist? Dieser Kerl, es ist nicht zu fassen.

Mein Straßencafé, nicht weit von hier, dort wollte ich
warten. Ich konnte nichts essen, bestellte mir lediglich einen Espresso. Er ist und bleibt ein Rätsel. Mir fiel der
Name der Klinik ein, in der er zuletzt eingeliefert wurde.

*»Dir gefällt es bei uns in den Cafés. Hast du deinen
Freund gefunden?«*

Ein beruhigendes Gefühl, Daniel zu treffen. Ich erklärte
ihm, dass es nicht mein Freund sei und ließ ihn wissen,
dass ich auf jeden Fall versuchen werde Lenny zu finden.
Ich bat ihn, ob es möglich wäre in der Klinik anzurufen.
Nach diesem Gespräch schaute ich in traurige Augen:

»Ich habe schlechte Nachrichten.«

Im selben Moment sprach ihn ein Herr an. Daniel ver-
tröstete ihn kurz.

*»Es tut mir leid Andrea, ich habe einen sehr wich-
tigen Termin, bitte warte hier auf mich.«*

Was passiert hier eigentlich?! Liegt er im Koma? Ist er...!
Ich war sehr unruhig und ließ mir einen Pernod bringen,

schlecht auf nüchternen Magen, so bestellte ich mir Crepes Sucette dazu. Ich erinnere mich an die Worte meines Sohnes:

»Mom, ich sehe von weitem, wenn du nur einen Drink hast.«

Stimmt!!

Wie... Lange... Braucht... Daniel!! Nach gefühlten drei Stunden, endlich. Er war bestürzt über die Info der Klinik:

»Lennart liegt auf der Intensivstation, es darf nur seine Familie zu ihm.«

Ich schrie ihn an:

»Er hat keine Familie verdammt!«

Ich war verärgert, gleich darauf tat es mir leid und ich entschuldigte mich. Daniel versprach mir zu helfen.

»Ich habe Kontakte, ein Freund von mir ist Gendarm, wir versuchen seine Familie zu finden.«

An diesem Tag meldete sich erneut die Botschaft, ob mir Familienangehörige von Lennart bekannt wären. Der nette Herr am Telefon erklärte mir erneut, ich sei als einzige Ansprechpartnerin mit dieser Telefonnummer eingetragen. Ich wusste es bereits von unserem letzten Telefonat. Leider konnte ich nichts dazu sagen.

Die Klinik ließ mich nicht zu ihm, so erfuhr ich nicht, was ihm zugestoßen ist, noch wie es ihm geht.

Daniel überließ mir den Hausschlüssel seiner Tochter. Da ich für Lenny nichts tun konnte, wollte ich nach Regensburg zurück. Es passte, denn Claire wollte für ein paar Wochen nach Nürnberg.

»Ruf mich an, wenn du wieder hier bist, ich melde mich sobald ich Neuigkeiten von Lenny in Erfahrung bringe. Sollte dir die Decke auf den Kopf fallen. Du bist jederzeit willkommen.«

Ich umarmte ihn, so trennten sich unsere Wege.

Bei der Heimreise dachte ich über Claire's Aufenthalt in Nürnberg nach. Mir fiel mein Urlaubsflirt ein, er lebt in dieser Stadt. Wir lernten uns kennen, als ich mit meiner Freundin den Urlaub in Ibiza verbrachte, in den 80ern. Ebenfalls eine schöne Erinnerung. Ich habe ihn dreißig Jahre nicht mehr gesehen, doch der Kontakt zu seiner Schwester ist nie abgebrochen.

Aus meinem Tagtraum gerissen, als ich landete, entschied ich mich, die Trauerrede vorzubereiten, sobald ich zu Hause bin. Lenny fand die Idee gut. Er möchte sie noch seh'n bevor er sich in die Grube legt, waren genau seine Worte.

Zurück in Regensburg, kam ich mir etwas verloren vor, so bummelte ich noch eine Weile durch die Stadt. Was war es nur, das mich so sehr in Lenny's Bann zog. Ich erinnerte mich gerne an Nachrichten die wir geschrieben hatten. Wir benahmen uns wie Kinder. Ich benötigte Tipps für ein Thema, er antwortete:

»Wenn du mich mal fragen würdest?«

Ich gab zurück: »Mach ich doch gerade.«

Kurz darauf sein Kommentar, den ich witzig fand.

»Ey, schrei mich nicht an.«

Er bekam wie immer, einen Lachsticker, mit dem Kommentar: »Doch voll Power.«

»Voll power mit flower von Andrea on the Mauer...
Nein ich hab nichts getrunken.«

Er brachte mich stets zum lachen, Lenny klang, als wäre er ewig Kind geblieben. Man konnte ihm niemals böse sein.

Meine Trauerrede fiel mir schwer, doch es musste sein, ich gab mein Versprechen.

»Lenny...

wie sagt man? Du hast nur die Räume getauscht. Du, der immer wieder auf's Neue überraschen konnte, positiv wie negativ.

Ich kannte dich zu wenig, um über dein Leben zu erzählen. Doch ich weiß, hinter deinem Frust und Hass steckte ein Mensch mit Herz, das nur bestimmte Menschen sehen konnten, du hattest dich nur versteckt.

Viel zu früh musstest du diese Welt verlassen. Wenn du auf der anderen Seite ankommst, wirst du dich unendlich frei fühlen. Wenn es nötig ist, wirst du Schutzengel zu uns schicken, ich weiß, so geht das. Hinter dem Horizont wirst du deine Welt in kräftigen bunten Farben seh'n, grau wenn es nicht so gut läuft. Dir wird es dort an nichts fehlen.

Es gibt Momente, da werden geliebte Menschen und Tiere bei dir sein. Alles, was du in deinem Leben geliebt hast. Für uns ist es nur ein Augenblick, doch in deiner Welt, die Ewigkeit.

Gute Reise Lenny!«

Um mich abzulenken dachte ich erneut über mein Leben nach. Was erwarte ich? Immer wieder stelle ich meine Beziehungen in Frage. Stimmungsabhängig. Warum habe ich ständig das Gefühl, etwas zu verpassen? Ich konnte mich nie ganz auf jemanden einlassen.

Mein Partner, unkompliziert, freundlich, großzügig, tolerant, er lässt mir die lange Leine. Und doch habe ich stets das Gefühl am Abgrund zu stehen, niemand der mich auffängt, wenn ich falle.

Ich baute schon in meiner Jugend kleine Mauern um mich herum, zur Sicherheit, Selbstschutz! Nicht hoch, ich wollte noch drüber schaun, um den Menschen, die mir wichtig sind, die Möglichkeit geben, an mich heran zu kommen, doch nur bis zu einem gewissen Grad. Die Kontrolle behalten! Man kann eben nicht aus seiner Haut.

14 Jahre sind wir zusammen, haben in den Siebzigern in derselben Klasse die Schulbank gedrückt. Gecki war meine Jugendliebe. Jeder weiß, sowas ist Magie.

Wie äußerte sich mein Arzt kürzlich?

»Sie haben aber einen netten Freund, n' ganz ganz Netten.«

Er betonte es zweimal. Drum...Hör immer auf deinen Arzt und Apotheker!

Wir werden seh'n. Mir ist bewusst, mit knapp 60, auf was wollte ich noch warten! Wann zählt man zu den Alten? Ab 50? Schluck...

Das Wochenende nutzte ich, um etwas für mich zu tun. Wellness war genau das Richtige. In meiner Lieblingsbar 'Franky's' spielte Frank... Barry White rauf und runter, nur für mich. Als wüsste er es. Unser Freund Sascha mein Lieblings-Barkeeper mixte die Cocktails!

Drei Wochen vergingen. Daniel meldete sich, Lenny wäre ansprechbar und könne Besuch empfangen. Das passte, denn Claire wollte noch einmal für einige Wochen nach Regensburg. Perfekt.

Ob ich frei bekomme? Ich habe die besten Chefs ever.

»Nehmen Sie sich die Zeit, die sie brauchen.«

Was soll ich sagen, Chefs zum Knutschen...! Hust.

In Paris holte mich Daniel vom Flughafen ab. Er schlug vor mit der Metro in die Klinik zu fahren, da wir die Hälfe an Zeit sparen.

Mein Herz raste, als ich Lenny's Zimmer betrat. Mir fielen sofort die Fotos ein die er mir schickte, als ich ihn darum bat. Ich fand ein leeres Bett in seinem Zimmer vor. Der Arzt erklärte mir, er hätte die Klinik vor einer Stunde verlassen. Er befand sich in einer schlechten Verfassung. Klare Antwort.

Gerade angekommen, wollte ich aufgeben, viel zu müde, um einen klaren Gedanken zu fassen. Ich versuchte Lenny zu erreichen, diese Nummer stand nicht mehr zur Verfügung. Ich war sprachlos. Daniel kümmerte sich fürsorglich.

»Was ist passiert? Was sagt der Arzt?«

»Lenny ist weg. Lass uns ein andermal darüber reden. Bitte bring mich in die Wohnung.«

Mit negativen Gedanken ist man machtlos.

Den darauffolgenden Tag wollte ich alleine verbringen. Keine Fragen, keine Unterhaltung. Der kleine idyllische Garten hinter dem Haus, perfekt um nachzudenken. Dieser Duft von Schokoladenkuchen, sowie alles um mich herum, ein Hauch von Magie. Den Tag verbrachte ich hier. Meine Gedanken waren bei Daniel... Daniel? Ich war wegen Lenny hier. Ich ertappte mich leicht verwirrt mit einem Lächeln.

Daniel, 45 Jahre alt, charmant, klug, gebildet.

Klug, das wollte ich immer sein wenn ich erwachsen bin. Meine Großmutter sagte mir damals, als sie bei uns in Stuttgart zu Besuch war, in ihrem bayrischen Akzent:

»Schau dir dei' Cousine an, die is g'scheiter als du, und schener is' a!«

Leider vor allen Gästen. Ich muss zehn Jahre alt gewesen sein...

Ich glaube, dieser Satz beendete die Liebe zu meiner Großmutter.

Klar, die Cousine war hübsch, klug, doch unnahbar, wenn sie auf dem Reiterhof mit ihren Reiterstiefeln an mir vorbeistolzierte.

Ich fühlte oft diesen Stich, allein von diesem Satz. Was Worte für eine Macht haben, es gab nichts, was mich mehr gekränkt hätte. Ich überlegte mir, wenn ich schon nichts bin, muss ich mit Witz, Aufgeschlossenheit, Charme und Freundlichkeit punkten. Hatte ich ne Wahl? Man kann sich Familie nun mal nicht aussuchen.

Diese Charakterzüge ziehen sich durch Generationen. Heute weiß ich, sie konnten nicht anders, da ich ihre Geschichte kenne, sei ihnen verziehen. Später war meine Großmutter doch stolz auf mich, ebenso meine Mutter. Sie bekam Gänsehaut als sie sah, wie ich mit meinem Sohn umging. Sie kannte es nicht, diese Herzlichkeit und Wärme.

Mein Sohn äußerte sich kürzlich, er hätte mich in seinem ganzen Leben nur einmal giftig erlebt.

Cut...! Schluss jetzt mit Kindheitserinnerungen.

Ich versuchte Lenny ein letztes Mal zu erreichen. Keine Chance, weder Telefon noch Internet. Hatte ich ihn verärgert? Was war passiert? Ich wusste keine Antwort. Über eine Adresse in Deutschland haben wir nie gesprochen.

Das Kapitel Lennart konnte und wollte ich zu diesem Zeitpunkt nicht abschließen.

Nun saß ich hier fest...Mit einem Engländer in Paris!

Mir half der Tag, um über alles nachzudenken. Da ich ein Aufschieb-Mensch bin, heißt, ich kann nicht sofort Entscheidungen treffen, doch an diesem Tag traf ich sie. Fest entschlossen wählte ich Daniels Nummer:

»In unserem Café, in einer Stunde?«

Danach die Nummer meines Chefs:

»Könnte ich bitte meinen Urlaub um drei Wochen verlängern? Mit meinem Resturlaub passt es. Ich weiß das ist lang, doch wäre es möglich? Wäre sehr wichtig für mich. Bitte!«

Verständnisvoll und zuvorkommend antwortete er:

»Das dachte ich mir schon. Klaro, machen sie sich keine Gedanken, es ist Sommer, genießen Sie die Zeit.«

Ich musste ebenfalls meinem Partner erklären, dass ich länger bleiben werde.

»Bitte gib mir die Zeit. Solltest du nicht einverstanden sein, wirst du wissen was du tust.« Er klang sehr ernst:

»Ich denke wir haben ein Problem, ich bin nicht einverstanden, das weißt du. Doch habe ich eine Wahl? Du wirst dein Ding durchzieh'n, wie immer. Ich werde über uns nachdenken müssen.«

Natürlich war ich nicht erstaunt über seine Reaktion.

»Wir wissen beide, dass es im Moment nicht rund läuft, deshalb finde ich diese Auszeit wichtig. Ich weiß nicht, was mit Lenny im Moment passiert, mir gefällt es hier und möchte bleiben, versteh das bitte. Lass uns darüber nachdenken, wie wir weitermachen. Du kennst unser ungelöstes Problem seit langem.«

Wir beendeten das Gespräch. Ewas verspätet sah ich eine Nachricht meines Sohnes.

»Wer... Ist... Claire??!«

Upps, er wusste nichts vom Wohnungstausch. Klärungsbedarf...! Und er ist Single.

Daniel saß bereits auf unserem Lieblingsplatz. Ich schmunzelte und fragte ihn ob er etwas von Claire gehört hätte.

Daniel lachte:

> *»Du hast einen Sohn, ich weiß. Meine Tochter hört gar nicht auf zu schwärmen, das wundert mich, denn sie ist nicht leicht zu beeindrucken. Ich glaube die beiden ziehen gerade um die Häuser.*
>
> *Wie geht es dir? Ich finde es bizarr, dass Lennart schlagartig aus deinem Leben verschwindet.«*

»Ich denke er war überfordert. Auch nach Paris zu kommen war keine gute Idee, ich wollte helfen und hatte ihn zu sehr bedrängt, was nicht meine Absicht war.

Wollen wir das Thema wechseln? Was ist mit dir? Du wolltest zu deinen Eltern zwecks einer Krankheit, möchtest du darüber reden?«

Daniel sah mich an, dieser Blick, am liebsten wäre ich ihm um den Hals gefallen. Flieg nicht zu hoch...! Doch was konnte falsch sein, ich fühlte mich so gut, diese Augenblicke wollte ich festhalten.

Mein Risiko, meine Entscheidung mit allen Konsequenzen. Das hatte ich meinem Sohn schon gelehrt.

»Bevor wir über Krankheiten sprechen, hast du ein Foto von Dominik?«

Ich zeigte ihm alle, das Handy ist voll davon.

»Claire erwähnte eine Fernsehserie mit einem Schauspieler, so soll ich ihn mir vorstellen.«

»Oh ja, meine Lieblingsserie seit Jahrzehnten. Die Ähnlichkeit ist mir auch schon aufgefallen. Hatte er nicht denselben Namen?«

Daniel zeigte mir Fotos von Claire. Sehr natürlich. Brünett, längeres welliges Haar, Stupsnase. Eine sehr sympathische Erscheinung.

»Dominik ist sehr reif für sein Alter, er liebt das Abenteuer und hat Spaß am Leben. Selbstbewusst, sehr fleißig in seinem Job, starker Charakter, ehrlich. Ich habe es in Erinnerung, ich versuche es mit seinen Worten:

Die Frau die ihn mal bekommt, sollte ihr eigenes Ding durchziehen, Hobbys, Sport, Freunde. Sie sollte einen starken Charakter haben und wissen, was sie im Leben will. Nix Larifari! Er sagt: Kann ich mir eine Zukunft mit Kindern mit ihr vorstellen?

Es geht ihm nicht darum, ob sie einen knackigen Po hat, hypothetisch geseh'n. Wobei ich denke, er nichts dagegen hätte.«

Ich brachte Daniel zum Lachen:

»Genau dasselbe sagt Claire, ich bin verwundert, das klingt tatsächlich aufregend. Sie hatte nach ein paar Monaten immer wieder das Interesse verloren, sie hat bestimmte Vorstellungen und geht wie Dominik, lieber auf Nummer sicher. Sie ist noch jung. Irgendwann kommt der Richtige.

Du wolltest mehr über mich erfahren? Ich hatte eine schwere Lungenentzündung, ich wollte mich auf einer Insel an der Nordsee erholen, meine Eltern leben dort. Wie du siehst ist unsere Familie weit verstreut.

Als freier Architekt habe ich schon viel von der Welt gesehen. Das Reisen inspiriert mich immer wieder für neue Ideen, die ich beruflich sehr gut umsetzen kann, ich liebe Holz zur Verarbeitung.«

»Daniel, ich bin sprachlos, ich sehe meinen Sohn, er lässt sich ebenfalls gerne für Neues inspirieren und baut all seine Möbel selbst. Das Wissen setzt er, wie du auch, hauptsächlich beruflich um. Vieles im Innenausbau mit seinem Vater, er liebt hochwertiges Holz. Ja, der Apfel fällt nicht weit…! Du weißt schon.«

»Ich weiß, was du meinst. Oh, er würde ausflippen, wenn er hier wäre, bei diesem Baumbestand könnte er sich austoben, ich sehe ihn schon vor mir, ich freue mich, deinen Sohn kennenzulernen, kreatives Bürschchen.«

»Daniel, es gibt eine kleine Geschichte, ich möchte sie kurz erzählen.

Schon immer räume ich gelegentlich meine Wohnung um, Dekorationen inbegriffen. Hauptsächlich an Weihnachten. Doch letztes Jahr hatte ich das erste Mal keine Motivation. Dominik schaute sich auffällig in der Wohnung um. Sein Kommentar:

»Mom, was ist los, ich glaube, wir müssen reden.«

Es ging ihm nicht um die Weihnachts-Deko. Dominik fällt sofort auf wenn etwas falsch läuft. Er hat ein Gespür und kann fast in die Seele eines Menschen blicken. Übrigens eine wertvolle Eigenschaft. Gut, dass er es nicht hört, er muss nicht größer werden, als er ist.

»Genug geplaudert, wie ist dein Plan für heute?«

Daniel sah mich an, mit seinem unwiderstehlichen Lächeln:

»Du bist seine Mutter, umgekehrt wäre es sicher genauso. Das Band, das verbindet. Wenn die Eltern-Kind-Beziehung stimmt, ein Leben lang. Bei mir und Claire ist das so.

Okay, Themawechsel. Was ist der Plan? Es ist 22:00 Uhr, wir schaffen es noch. Komm lass uns auf den Eifelturm steigen.«

Wir nahmen den Aufzug. 1600 Stufen waren zu viel, so spät am Abend.

Öffnungszeiten: Bis 23:00 Uhr.

Der Blick über Paris, auch dieses Gefühl von Freiheit, Mega! Daniel schlug vor:

»Nimm dir morgen nichts vor. Ich hole dich früh ab. Überraschung, wenn du Lust auf Wellness hast.«

Ich ließ alles noch einmal Revue passieren, bevor ich einschlief.

Ein sonniger, warmer Morgen. Ich war sehr gespannt auf den Tag mit Daniel. Von Claires Wohnung nicht weit. Ein herrschaftliches Haus, sehr gepflegt.

»Das Haus meiner Großeltern. Einiges habe ich umgebaut. Modern und effizient. Ich liebe es, hier zu leben.«

Mir gefiel es, sehr behaglich und geschmackvoll eingerichtet. Nach dem Frühstück nahm mich Daniel bei der Hand.

»Komm, lass uns schwimmen.«

Der angebaute Teich war perfekt dafür. Ich genoss jede Sekunde.

Am Abend unterhielten wir uns über Lenny. Daniel ist der Überzeugung, sollte er sich in den nächsten Wochen nicht melden, wäre es besser, ihn gehen zu lassen. Bei vielen Menschen ist das so, sie wollen alleine sein, wenn es zu Ende geht.

Die Zeit verging zu schnell. Ich spürte schon das Knistern zwischen uns. Sein Blick traf mich mit den Worten:

»Bitte, bleib.«

Die Schmetterlinge waren nicht zu bändigen.

Die Tage vergingen wie im Flug. Von Lenny hörte ich nichts. Mir fiel ein Text ein den er auf Latein schrieb, übersetzt:

»Unser Leben ist kurz, in kurzer Zeit ist es zu Ende. Schnell kommt der Tod, rafft uns grausam hinweg, niemand wird verschont.«

»Das ist ein uralter Text. Mir gefällt er. Ich hatte schon immer einen Hang zu sowas.«

Daniel lud mich zum Essen ein, übrigens ein begnadeter Koch.

Er war voller Elan als er die Tür öffnete.

»Ich skype soeben mit Claire und Dominik, die beiden waren auf Harley Tour.«

Fröhlich hielt Daniel den Hummer vor die Mattscheibe. Eine wirklich lockere Stimmung im Moment und schon waren sie weg. Dominik war für mich manchmal ein verschlossenes Buch, bis er mich etwas wissen ließ, das dauerte. Die Geheimnisse der Kinder eben, war bei uns nicht anders.

Daniel flüsterte:

»Ich glaube, Claire ist verliebt. Ich sah es in ihren Augen, als sie den Arm um ihn legte.«

Ich schmunzelte, mein Sohn, der Charmeur.

Das Essen dauerte noch etwas, ich nutzte die Zeit und verschwand im Teich. Ich tauchte ein, in meine Fantasiewelt.

Und nein, ich blieb nicht bei Daniel in dieser Nacht, als er mich darum bat. Ich gebe zu, etwas feige zu sein. Bestimmt hätte er mir eins seiner Gästezimmer angeboten, das Blaue! Nein, das gelbe Zimmer hätte mir gefallen.

Ob er sich zu mir geschlichen hätte? Wahrscheinlich hätten wir es vor dem Kamin auf dem Bärenfell getrieben wie die Wilden…! Hust. Oder wir wären auf seinem XXL Sofa zusammengekuschelt eingeschlafen. Nein, ich hatte kein schlechtes Gewissen. Gedanken sind frei, jeder weiß das.

Das Essen war perfekt, wie alles hier. Daniel, ein Gentleman, sehr aufmerksam. Mir viel auf, wie nervös er war, in meiner Nähe. Ich genoss es und ging auf's Ganze. Ich wollte alles wissen:

»Erzähl mir von dir, ich weiß nichts über dich. Du hast eine Tochter namens Claire, du lebst im Haus deiner Großeltern. Du haust mich um mit deinem Lächeln…! Du bist…«

Er fackelte nicht lange und küsste mich mit einer unbändigen Leidenschaft. Warum ließ ich es zu? Klar, es war ein prickelndes Gefühl von Freiheit, doch ich war keine 20, auch keine 40 mehr. Ich habe lediglich vergessen, wie es ist, wenn dir das Blut durch die Adern strömt. Vergessen, wie es ist, den tiefen Stich zu spüren, dieses Herzklopfen, wenn man sich in die Augen sieht. Dabei war es Lenny, der mich immer wieder in seinen Bann zog.

Daniel verhielt sich sehr gefasst. Die Situation war nicht mehr so locker wie zuvor.

Er nahm erneut meine Hand:

*»Es ist an der Zeit dir meine Schandtaten zu beich-
ten. Wie du bemerkt hast, lebe ich alleine. Du hast
Lenny die Geschichte deines Vaters erzählt, mehr
muss ich über mein Leben nicht sagen. Wie nennst
du es? Die Tür »Gigolo« Die Frau an meiner Seite
wird mich nicht für sich alleine haben.«*

»Daniel, ich bin erleichtert. Du bist nicht dieser perfekte
Typ, den eine Frau sich wünscht, so bin ich nicht in Zug-
zwang. Stimmt, mein Herz schlägt schneller, wenn ich
dich ansehe, doch es wird nur eine Affäre, das weißt du,
Punkt!«

Daniel gab mir einen Kuss auf die Wange.

*»Meine Frau war Französin, sie hat sich hier ei-
nen Engländer geangelt. Mich! Ich blieb hier. Wir
haben vor 23 Jahren in Paris geheiratet.*

*Sie starb vor 20 Jahren an einem Herzstillstand,
ganz plötzlich. Es war die schrecklichste Zeit meines Lebens. Claire war gerade zwei Jahre alt.
Doch sie hatte ihre Großeltern, die sie über alles
liebte, sie verunglückten tödlich bei einem Autounfall vor zwei Jahren. Sie feierten an diesem Tag
Goldene Hochzeit.*

*Ich habe die Frauen gewechselt wie Unterwäsche.
Ich ließ niemals wieder eine Frau in mein Herz,
lediglich in mein Bett. Der Sex entschädigte mich
für den unsagbaren Schmerz. So lebe ich bis heute.
Ich möchte nur Sex. Keine Gespräche, keine Namen, keine Dates.*

Ich liebte meine Frau abgöttisch, ich habe sie nie betrogen. Sie war mein Leben. Nie wieder wollte ich mich wieder mit einer Frau einlassen. Selbstschutz!

Du bist seit Jahren mein erstes Date. Frag mich nicht warum, es fühlt sich wieder gut an. Vielleicht ist es deine Story mit Lenny, dein Charme, deine dunklen fröhlichen Augen, wenn du lachst. Oder weil Claire und dein Sohn...!

Egal, warum auch immer. Und dennoch, ich bin kein Mann für eine Beziehung. Doch eins weiß ich...

....du bleibst, und ich will dich. Jetzt!«

Er liebkoste meinen Nacken, unsere Lippen berührten sich. Mein Herzschlag wurde schneller. Es war geballte Leidenschaft. Ein Mann wie er, weiß, wie eine Frau tickt. Ich blieb!

Daniel verführte mich nach allen Regeln der Kunst, als hätte er einen Kurs belegt:

»Wie verführe ich eine Frau, bis sie den Verstand verliert?!«

Ich wollte mehr, viel mehr. Ich konnte nicht die Finger von ihm lassen. Ein Mann mit diesem Feuer, ich musste ihn an Ketten legen, um ihn zu bändigen.

Nicht nur in dieser Nacht steckte in mir glühende Leidenschaft und Hingabe. Daniels fordernde Art erregte mich zunehmend. Ich ließ mich fallen, was mir in der Regel nicht leichtfällt und ja, man sah es mir an. Es legten sich weichere Gesichtszüge an den Tag.

Warum kann man die schönste Nebensache der Welt...!

Na ja egal.

Denke ich werde recherchieren müssen.

Die Dunkelziffer ist hoch. Ich weiß, es geht vielen Paaren so, doch man redet nicht darüber. Tabuthema! Nicht für mich, denn ich weiß, es geht um mehr, als nur um Sex. Der Knoten in einer Partnerschaft ist schwer zu lösen, es kann Jahre dauern. Ohne Hilfe schafft man es meistens nicht. Wenn man zu lange wartet, gar nicht mehr. Die Nähe zu seinem Partner verliert man. Immer!

Dieser betörende Duft der Rosen, ebenso der blumige Duft von Kaffee weckten mich. Was für eine Nacht, viel zu kurz. Eine Runde schwimmen, war die Lösung, um wach zu werden. Der Tag war perfekt, um zu relaxen. Mit zwei Stunden Schlaf auch nötig.

Wir unterhielten uns lange über seine Eltern, den Großeltern und den Kindern. Schauten Schnulzen. Er besitzt 2500 DVDS, selbst aufgenommen...! 500 mehr als ich. Daniel war gut drauf und trällerte Lieder, wir hatten jede Menge Spaß.

Es erinnerte mich an den Songwettbewerb in Regensburg, mit Rainer Hoeglmeier Anfang der 80er. Es war eine tolle Erfahrung. Ich konnte seine Karriere mitverfolgen. Etwas später ist er in die USA ausgewandert.

Ich genoss die Tage mit Daniel in vollen Zügen. Die Schmetterlinge im Bauch flogen Amok. Drei volle Tage, drei volle Nächte klebten wir wie die Kletten aneinander. Ich werde ein Gesetz rausbringen müssen:

Alle fünf Jahre einen Gutschein für:

»Drei Tage Liebesabenteuer.«

Ich habe gelesen, man sollte sich alle fünf Jahre neu verlieben. Verlängert angeblich das Leben. So etwas Außergewöhnliches unzufriedenen Paaren zu erklären, die seit vielen Jahren nur noch nebeneinander herleben, stelle ich mir schwierig vor!

Daniels tiefe Stimme und das Vogelgezwitscher am nächsten Morgen waren nicht zu überhören, es duftete nach Karamell und frischen Croissant ich wollte es noch eine Weile genießen.

Daniel kochte und hantierte eifrig in der Küche herum, als bekämen wir Gäste. Er betonte kurz:

»Man weiß nie. Wir haben Wochenende.«

Kaum ausgesprochen, läutete es Sturm. Erinnert mich an Sohnemann, immer voll drauf.

Daniel bat mich zu öffnen.

Grinsend, wie ich meinen Sohn kenne, stand er vor mir, mit Claire!

»Hi, Mom!«

Daniel hatte alles organisiert. Ich war sprachlos, angenehm überrascht und freute mich wahnsinnig die beiden zu sehen.

Nach diesem hervorragenden Mittagessen konnte es Daniel nicht erwarten, meinem Sohn den Baumbestand zu präsentieren. Dominik war sehr interressiert, es inspirierte ihn für seine Arbeit. Er plant gerade für sein neues Loft, das er sich über lange Monate selber ausbaute, Möbel aus Holz herzustellen. Es war Hauptthema. Sie waren beide voller Euphorie. Daniel bot ihm an, er könne sich holen, was er möchte.

Ein gelungenes Wochenende. Claire ist zauberhaft. Wir hatten jede Menge Spaß. Daniel und mir gefiel es, wie Claire und Dominik sich zeitweise zulächelten, heimlich, dachten sie. So sind sie, die Kids.

Als sie sich verabschiedeten, nahm mich Sohnemann zur Seite und flüsterte:

»Mom, irgendwie siehst du anders aus, hm. Ich denke, Paris tut dir gut. Genieße es!«

Ihm würde niemals ein… Mom, du siehst Klasse aus, über die Lippen kommen.

Dass es mehr war, als Freundschaft, sah man uns an. Ich begann mich ernsthaft zu verlieben, doch ich wollte es nicht zulassen. Die Enttäuschung danach wäre zu groß. Doch ich konnte nicht anders.

Irgendwann werde ich aufwachen, verlassen von Daniel, verlassen von meinem Partner, er würde eine Affäre nie verzeihen. Oder doch? Wie heißt es? Man sollte bis zu seinem vierzigsten Lebensjahr bestimmte Dinge tun. Na schön, eine Affäre zählt wohl nicht dazu. Wobei jedes Mal ich es war, mit meinem »ich lauf weg, wenn's schwierig wird-Gen!«

Werde alleine auf meiner heißgeliebten Couch Taschentücher vollheulen, mich von Schnulze zu Schnulze selbst quälen. »My way« wäre die Krönung. Ich sehe es schon bildlich vor mir.

Ohne Eiswürfel, ohne Feuerlöscher, was ich jetzt dringend nötig hätte, nach diesen heißen Nächten. Daniel riss mich aus meinen Gedanken.

»Das Wochenende mit den Kindern war traumhaft. Bevor ich vergesse, du wirst einige Tage ohne mich verbringen müssen. Ich werde geschäftlich unterwegs sein. Lass uns den restlichen Abend genießen.«

Diese Worte klangen, als würde er sagen:

»Es war unsagbar aufregend mit dir, doch jetzt ist es an der Zeit zu geh'n.«

Fünf lange Tage vergingen...!

Ohne ein Zeichen von Daniel, ohne ein Lebenszeichen von Lenny. Er war es schließlich, warum ich nach Paris kam. Nach dieser Woche gab ich es auf, nach Lenny zu suchen. Niemand, auch keiner der Nachbarn wusste, wo er sich aufhält. Als hätte es ihn nie gegeben!

Ich nutzte die Zeit, um ein Wochenende in der Bretagne zu verbringen. Ich entschied mich für Ploumanac'h, einem Badeort an der Küste Côtes d'Armor, bekannt für seine rosafarbenen Granitfelsen. Ein Platz zum relaxen und innehalten. Die Menschen dort, mit einer Herzlichkeit gesegnet. Ich fühlte mich sofort wohl und aufgehoben. Ein Grund, zwei Tage länger zu bleiben.

Ich lernte Bärbl kennen. Halb-Französin. 62 Jahre alt. Attraktiv, schlank, mit weißen, schulterlangen Haaren. Mega, mir gefällt das. Bärbl verzauberte den Raum mit einem Duft, der mich erneut an meine Kindheit erinnerte. Mein Lieblings-Parfum.

Es erinnerte mich an meine Mutter, wenn sie mit meinem Vater ausging. Nummer 5! Sie waren gerne in diesem Lokal mit Kegelbahn, es gehörte einem Freund meiner Eltern, ich mochte ihn nicht besonders. Dennoch erinnere ich mich gerne an diese Zeit.

Bärbl lud mich zu einem italienischen Abend ein. Eine liebenswerte Person. Diese Herzenswärme drang ein, in mein tiefstes Inneres. Ihre warme leise Stimme gefiel mir, ich konnte ihr stundenlang zuhören. Sie erzählte mir, sie habe des Öfteren Kontakt zu ihrer verstorbenen Großmutter. Das war ein Thema, über das ich nicht gerne sprach. Ich erzählte ihr:

»Als meine Mutter noch lebte, bat ich sie, mir ein Zeichen zu geben, sobald sie auf der anderen Seite ankommt, lediglich um zu wissen, dass es ihr gut geht.

Drei Monate nachdem sie starb, geschah etwas Mystisches, das man Zeichen nennen könnte. Eines Nachts vor dem Einschlafen, sagte ich mit einer etwas lauteren Stimme:

»Jede Nacht dasselbe Spiel, ich kann nicht einschlafen, immer wieder sehe ich ihr sanftes, hilfloses Gesicht vor mir, als es zu Ende ging. Diese letzten Minuten, es muss doch irgendwann aufhören.«

Es dauerte ein paar Sekunden, plötzlich… schaltete sich die Nachttischlampe an. Mein Freund zeigte sich sehr erstaunt.

»Wow, wie von Geisterhand.«

Ich war erleichtert, als wollte sie mir sagen:

»Hey mir geht's gut, mach dir keine Sorgen. Denk nicht ständig daran. Lebe!«

Es ist zehn Jahre her. Die Lampe gibt's immer noch, sie steht mittlerweile im Badezimmer.

Ich bin überzeugt, es gibt eine höhere Macht, einen Gott. Erfahrungswerte. Ebenfalls eine andere Geschichte.

Bärbl glaubte es mir sofort. Vergleichbar waren ihre Erlebnisse. Ein themenreicher Abend, er verging viel zu schnell. Wir tauschten unsere Adressen und Telefonnummern.

So plante ich meine Abreise zurück nach Paris. Zu schade, es war herrlich hier, ich wäre gerne länger geblieben, doch mit meinem Ersparten musste ich für die restliche Zeit auskommen.

Ich vermisste Daniel. Mir fehlten seine Berührungen, seine Nähe, sein verführerisches Lächeln. Wenn man verliebt ist, kann man die Gefühle nun mal nicht steuern, sie knallen mit voller Wucht in dein Leben.

Zurück in Paris ging ich wie in Trance auf eine Snackbar zu. Dort fiel mir ein junger Mann auf, in Gedanken vertieft, schlürfte er seinen Kaffee. Dieser leere Blick.

Lenny! Endlich.

»Was denkst du dir?! Du hast dich einfach so, ohne Vor-
warnung ausgeklinkt. Idiot! Kannst du dir nicht denken,
dass ich mir Sorgen mache?«

Lenny war nicht gerade erfreut mich zu seh'n.

*»Wie wäre es mit: Schön das du noch lebst, wie
geht es dir?*

*Es wird dir nicht gefallen, ich möchte keinen Kon-
takt mehr. Am besten du verlässt Paris. Ich bringe
nur Unglück. Vergiss einfach dass ich existiere.
Bin eh schon fast tot.«*

Das war deutlich. Er schien sehr deprimiert. Es gibt keine
Gebrauchsanweisung für diese Situation. Ich ließ nicht
locker:

»Wenn du nicht alleine sein möchtest, ich werde hier sein.
Was meinst du, warum ich nach Paris gekommen bin? Es
ist viel passiert in der Zwischenzeit. Ich bin schwer verliebt, hab ne Affäre, den Bauch voller Schmetterlinge und
mein Freund weiß absolut nicht was ich hier anstelle, er
vertraut mir.

Ich steh quasi am Pranger.

Durch den Wind und schwer aus der Bahn geraten, sitze
ich nun hier, neben diesem Kerl, wegen dem ich eigentlich hier bin.«

*»Mensch Keule, was is los? Steckst du im Midlife?
Warum willst du denn deinen Freund nicht mehr?
Sag mal, hast du Drogen genommen?«*

Lenny brachte mich zum Lachen:

»Ich habe nie gesagt, dass ich meinen Freund nicht mehr will. Es passiert viel in 14 Jahren die man zusammen zurücklegt, da kann man schon mal die Orientierung verlieren, wenn es nicht mehr so läuft, wie man sich's wünscht.

Lenny, mir geht es gut, und ich hoffe, mein Freund ist noch da, wenn ich nach Hause komme. Ich weiß es nicht. Werde einiges beichten müssen.

Themawechsel, wenn du schon keinen Kontakt möchtest. Wo ist meine Kette? Du hast sie mir versprochen. So kann ich mich immer an dich erinnern, waren deine Worte.«

»Du bist wirklich ne Nummer, kannst du mich nicht in Ruhe sterben lassen? Ich brauche niemanden, der meine Hand hält, wenn es zu Ende geht. Schon keine, die grad zwei Kerle am Laufen hat. Vergiss es, mit mir zu flirten! Antwort nein, ich bin raus. Wenn du noch ne Affäre hast ist dein Freund endgültig weg. Das übereinander herfallen kannst du also getrost vergessen. Ja, ich weiß, das wird nie passieren, ich könnte dein Sohn sein, sagtest du schon mal.

Na ja, egal, lass uns nach Hause geh'n. Kannst ja aufräumen, wenn du möchtest, aber Vorsicht, meine Viecher mögen keine Besucher und drehen immer durch wenn Fremde in die Wohnung kommen und bilde dir nichts ein, nur weil du in meine Wohnung darfst.

*Übrigens! Wo ist Socke, mein versprochenes Ku-
scheltier?«*

Lenny konnte mich mit seiner lustig-frechen Art um den
Finger wickeln, er weiß das. Sein Kuscheltier steckt in
meiner Tasche, seit ich in Paris bin.

*»Voilá, mein Zuhause. Wie du siehst, eine ausge-
sprochene Singlewohnung, dass du mir nichts an-
fasst! Setz dich einfach.*

*Sag mal, schummelst Du? Auf den Fotos wirkst du
mal schlanker, mal ...! Egal. Möchtest Du einen
Kaffee? Du kannst mir bei dieser Gelegenheit die
Trauerrede vortragen!*

*Ich zeige dir zuerst deine Kette, denk nicht, ich
hätte sie in Schleifen verpackt und wehe, du sagst,
sie gefällt dir nicht.«*

Ich war angenehm überrascht, Lenny hatte absolut meinen Geschmack getroffen. Schwarzes Lederband, ein
Anhänger flach in matt Silber, in dem ein schimmernder
orangefarbener Stein eingearbeitet ist.

Eine ähnliche Kette hat mir vor längerer Zeit mein Sohn
geschenkt.

Lenny weiß, ich liebe diese Farbe. Er betonte:

*»Ein Platinanhänger mit einem Stein, den man
Katzenauge nennt. Du kannst die Kette an einen
Platz geben, den du magst, oder an meinem Todes-
tag tragen, wie Du möchtest. Ich sehe schon, sie
gefällt dir. Ein Kuss auf die Wange genügt.«*

Er bekam eine fette Umarmung.

Nach der Trauerrede, es war nicht leicht sie vorzutragen, sah ich Lenny in einem bedenklichen Zustand.

»Du kennst mich wirklich gut, genau so stelle ich es mir vor, auch mit dieser Musik, die du ausgesucht hast. Perfekt. Jetzt lass mich bitte allein und sag nichts. Ich möchte, dass du gehst, sofort und nein, du hast nichts falsch gemacht, du bekommst eine Nachricht von meinem Anwalt, wenn es soweit ist! Du wirst mich erst wiedersehen, wenn ich mich in die Kiste lege. Bitte geh jetzt!«

Ich akzeptierte es, ohne etwas zu sagen, ich umarmte ihn noch einmal. Es war für einen kurzen Moment, als drücke er sich so fest an mich, dass ich Schwierigkeiten hatte zu atmen. Er krallte sich regelrecht fest. Ich konnte die Tränen nicht zurückhalten. Lenny öffnete die Tür, ohne einen Blick zu riskieren, doch ich sah, wie verzweifelt er war.

Heulend saß ich auf den Stufen, in der Hoffnung, er würde sie noch einmal öffnen. Sein Schluchzen war deutlich zu hören.

Nur einmal hatte ich einen Menschen so verzweifelt erlebt. Es dürfte zwölf Jahre her sein, doch das ist eine andere Geschichte.

Lenny's Schluchzen war unaufhörlich, es vermischte sich mit meinem. Ich heulte wie ein Schlosshund. Nicht allein wegen Lenny, es war das Gefühlschaos, als verliere ich in diesem Moment die Kontrolle über mein Leben.

Nach einer Weile verließ ich das Haus. Schnell, sehr schnell, ohne mich noch einmal umzudrehen.

Zwei volle Tage verbrachte ich in Claires Wohnung. Das Handy lautlos. Diese Zeit war nötig bei einem Abschied wie dieser.

Ich schrieb einen langen Brief an meinen Freund. Ich beichtete und gestand ihm alles. Es befreite mich und es tat gut, alles niederzuschreiben, was einen bewegt.

Doch jetzt ist es an der Zeit rauszugehen. Natürlich wollte ich Paris zu diesem Zeitpunkt nicht verlassen. Auch die Wohnung von Claire, in der ich mich sehr wohl fühle, war es wert zu bleiben. Nicht zu vergessen, Daniels Charme. Ich riskierte alles zu verlieren, was mir im Leben wichtig war. In so einem Moment ist alles egal, irgendwann wacht man auf.

Doch ich genoss es, ohne Ausreden, ohne Reue, mit einer Brise schlechtem Gewissen, gebe ich zu. Egal wie es endet. Ich bin verrückt nach Daniel, mit jeder Faser meines Körpers.

Warum ich meinem Partner damit verletze? Kann ich nicht sagen, man kehrt viel unter den Teppich, wenn man nicht gelernt hat zu reden.

Ich werde daran arbeiten müssen, meine Harmoniesucht abzulegen. Ich werde nicht angeklagt, wenn ich mal aus der Reihe tanze, oder öfter Klartext rede. Doch es war stets im Hinterkopf. Wenn ich als Kind aufmuckte, schwieg meine Mutter über Tage und strafte mich mit Nichtachtung.

Ich sah mich in meinen Beziehungen sofort abgeführt. Vor dem Richter.

Mit Handschellen!

Nach dem Motto, nicht aufmucken. Jedesmal, wenn es zu viel war, bin ich gegangen, immer. Bis jetzt. Ich habe meine Sachen noch nicht gepackt. Ich denke, mein Partner wird es diesmal tun. Ich habe mich etwas zu weit aus dem Fenster gelehnt.

Daniel rief mich an, ob ich Lust hätte…!

Havana Night bei ihm. Natürlich wollte ich, nicht nur Havana. Ich holte die Flasche 21-jährigen El Dorado, die mir unser Freund Sascha, mein Lieblings Barkeeper aus Regensburg mitgab, mit einem Augenzwinkern, als ahnte er es:

»Für alle Fälle.«

Wie passend! Ich drückte Daniel die Flasche Rum in die Hand, ich war ziemlich nervös:

»Havana Night, mega, was auch immer du vorhast.«

Er umarmte mich, mit einer liebenvollen Art, die nicht zu Daniel passte. Leise hauchte er mir ins Ohr:

»Du hast mir gefehlt. Ich kenne mich selbst nicht mehr. Es wundert mich, eine Woche Geschäftsreise, in dieser Zeit hatte ich in der Regel zwei bis drei Frauen im Bett.«

Wie viele es diesmal waren? Nein, ich fragte nicht. Ich wusste um seine Neigung.

Ich hörte Kubanische Musik im Hintergrund. Daniel hatte für alles gesorgt. Er ist Profi in diesem Gebiet! Daiquiri, Meeresfrüchte. Zitronensorbet und jede Menge Erdbeeren. Nach einer kurzen Runde im Teich, trug er mich aus dem Wasser:

»Komm, erst die Vorspeise.«

Das prickelnde Gefühl der Erdbeeren auf meiner Haut, dazu die Eiswürfel, die er langsam abwärts gleiten ließ, raubten mir den Atem.

Ich begehrte Daniel über alle Maßen. Das Highlight, eisgekühlter Sekt in einem ausgefallenen Zerstäuber. Er ließ keinen Zentimeter meines Körpers aus. Ich war wie von Sinnen, süchtig nach allem, was um mich passiert. Daniel konnte mich immer wieder auf's Neue überraschen. Er entführte mich in eine Welt der Lust und Fantasie, aufgeladen von Erotik. Sein schneller Atem, sein Stöhnen war unglaublich erregend und unkontrollierbar. Es gab keine Grenzen. Wir waren gefangen im Netz der Begierde.

Der Atem wurde leiser, als wir erschöpft nebeneinanderlagen. Der Wind streichelte unsere nackten Körper.

Ist es das, was ich im Leben wollte? Ich weiß, wären wir zusammen, diese Leidenschaft würde nicht anhalten. Nach einer Weile endet alles, was sich spannend und prickelnd anfühlt. Was übrigbleibt, Vertrautheit und Alltag. Daniel holte mich, wie immer aus meinem Tagtraum.

»Hey, wo bist du mit deinen Gedanken, kommen dir Zweifel? Ich sehe es in deinen Augen, und nein, es stört mich nicht im Geringsten, dass ich um

Jahre jünger bin als du. Es ist nur eine Zahl.
Komm lass uns beim Essen darüber reden.«

Ich schmunzelte über die Vermutung, ich hätte Probleme zwecks des Altersunterschieds. Keineswegs. Ich erklärte ihm:

»Darling, bei diesem atemberaubenden Abenteuer, wie wir es erleben, gibt es kein Alter. Seh es locker, entspann dich!«

Lachend gab er zurück:

»Ach so ist das, ich bin nur ein Abenteuer? Gut zu
wissen. Ich glaube, ich muss da etwas aufklären.
Nur weil ich sagte, ich habe immer wieder andere
Frauen im Bett. Fakt ist, es hat nichts zu bedeuten
und ist eine einmalige Sache, Punkt! So läuft das
seit 20 Jahren.

Mit dir ist es anders, das möchte ich nur mal ge-
sagt haben. Und ja, ich bin etwas durcheinander,
seit mir am Flughafen so ein aufgedrehter Wirbel-
wind über den Weg lief, geb ich zu.«

Er hielt Blickkontakt und ließ nicht locker. Ich wurde etwas unruhig.

»Daniel, wir haben Spaß. Ich genieße es, genau wie du. Ich teile nun mal nicht gerne, und da ist ja noch mein Freund, verstehst du? Verdient hat er es nicht. Wir haben uns immer gesagt, bescheißen tun wir nicht.

Und nun sitze ich hier, mit einem Mann, der mir gerade ziemlich den Kopf verdreht. Daniel, ich bereue nichts, glaub mir, doch mein Weg geht zurück nach Regensburg, mein Zuhause. Versteh mich bitte!«

Daniel sah mich an, als wolle er mich trösten:

»*Darling, es muss hier und jetzt nichts ent-schieden werden. Es ist nicht wichtig. Du machst nichts falsch, es gehören immer zwei dazu, wenn so etwas passiert und es nicht so läuft wie es soll. Glaub mir, die Zeit wird entscheiden.*

Übrigens, du bist mehr für mich als nur ein Abenteuer, das weißt du. Wir sind erwachsen, lass es uns nicht kaputt machen, schon allein wegen den Kindern. Sie sind so glücklich im Moment, zumindest Claire.

Egal was passiert, du bist ein wichtiger Teil in meinem Leben geworden. Trotz alledem, du kennst meine Neigung, und wie ich lebe. Ob es je anders wird? Ich muss ehrlich sein, diese Frage kann ich dir zum jetzigen Zeitpunkt nicht beantworten, doch hier wird es dir an nichts fehlen. Mit diesem Satz beende ich das Thema.

Nun möchte ich dich gerne entführen, shoppen! Tut dir gut, und du kommst auf andere Gedanken. Ich lade dich ein.«

Jackpot, das war die beste Idee, ever. Meine Entscheidung stand fest. Ich werde die Dinge auf mich zukommen lassen, ohne Druck. Egal wo ich abbiege, ich werde meinen Weg finden.

Daniel kannte Läden mit den coolsten Klamotten. Ich passe wieder in Grösse 36.

Seit meiner Drei-Monats-Abnehm-Sport-Challenge sind ein paar Pfunde gepurzelt. Die Idee meines Sohnes. Alleine schon wegen meines Kleiderschranks müsste ich sechs Meter Klamotten entsorgen, vorrausgesetzt, ich hätte es nicht geschafft, ein paar Kilo abzunehmen.

Ich habe Teile im Schrank, die möchte keiner seh'n. Die guten alten 80er Jahre Klamotten. Ein paar davon sind übriggeblieben.

Ich erinnere mich an eine witzige Situation im Store. Ich sagte aus Spaß, mit einem Schmunzeln:

»Chef, ich muss abnehmen, wenn ich weiter an Gewicht zulege, komme ich auf der Wendeltreppe nicht mehr um die Kurven, dann müssen sie mir kündigen.«

Sein Kommentar:

»Niemals! Dann baun wir nen Aufzug.«

Nachdem Daniel mir neben der Shoppingtour Paris kulturell etwas näherbrachte, ließen wir den Abend bei einem Glas Wein ausklingen. Er behielt ein paar Teile, die er für mich aussuchte, bei sich zu Hause, zur Sicherheit. Ich musste tief durchatmen. Daniel sah mich nachdenklich an und schlug vor:

»Ich plane, meine Eltern zu besuchen. Komm mit, bitte. Mit dem Privatjet sind es keine zwei Stunden. Einer meiner Freunde ist Pilot. Du kannst also getrost relaxen. Wir landen direkt auf der Insel.«

Dachte ich mir, irgendwann kommt Daniel mit dem Thema Eltern um die Ecke. Natürlich freute ich mich, sie kennenzulernen.

Zwei Tage später starteten wir. Der Flug dauerte nicht lange. Ich war froh, denn mit den Reisetabletten stehe ich auf Kriegsfuß. Ich nahm eine Halbe davon, so hatte ich nicht das Gefühl so sehr wie unter Drogen zu stehen.

»Wo sind wir hier? Mit meinem Orientierungssinn und ohne Kompass wäre ich aufgeschmissen.«

»Auf Wangerooge. Apropos Kompass, meine Freunde Hanne und Mirko, sie betreiben das Restaurant Compass. Lass uns dort essen, bevor wir bei meinen Eltern aufschlagen.«

Ich konnte Daniel nicht verstehen. Es war zu laut hier als der Jet abhob. Nach einem kurzen Fußweg fiel mir auf:

»Daniel, ich kenne hier alles, der rote Leuchtturm, der Westturm. Wir sind auf Wangerooge.«

Daniel schien überrascht:

»Das sagte ich gerade. Es ist traumhaft hier zu leben, meine Eltern hatten ihren Urlaub hier verbracht. Sie blieben.«

Schmunzelnd antwortete ich:

»Hier lebt ein Freund von uns, er verliebte sich hier und blieb. Sie haben geheiratet und sind total happy. Das Restaurant der beiden, gleich hier um die Ecke in Strandnähe. Mirko ist ein exzellenter Koch. Sie werden nicht erfreut sein, mich hier mit dir zu sehen. Egal komm, lass es uns riskieren, die beiden sind großartig, ich freue mich sie wiedersehen, und ich habe Hunger.«

Daniel blieb steh'n, erwiderte, mit seinem berühmten Lächeln:

>*Hanne und Mirko? Übrigens, wir steh'n soeben davor. Das versuchte ich dir eben zu erklären Darling, da es zu laut war, hast du mich vermutlich nicht verstanden. Es sind Freunde von mir.*«

»Du kennst sie auch? Ich bin überrascht. So ein Zufall.

Geh schon mal rein, diese Situation macht mich im Moment etwas ängstlich. Ich geh noch kurz an den Strand und verschnauf ein wenig.«

Daniel umarmte mich, er musste nichts sagen.

Die herzliche Begrüßung im Hintergrund war nicht zu überhören. Ich war im Moment zu feige, um mich dieser Situation zu stellen. Ich sehe mich schon am Pranger, oder wie ich schon sagte, angeklagt vor dem Richter.

Ich habe meinen Freund nie betrogen. Dieser Moment um nachzudenken half mir.

Auf gehts, egal was passiert. Mir war etwas mulmig und mein Herz pochte. Doch es war eine herzliche Begrüßung. Mirko's Worte:

»Daniel erzählte mir alles. Was machst du für Sachen. Jetzt kenne ich dich so lange. Es liegt wohl an Daniels unwiderstehlichem Charme. Gecki hat das nicht verdient, das weißt du. Und übrigens: Er…ist…hier!!«

Ich wusste es…am Pranger.

»Mirko, wo ist er.«

»Mit Wilson eine Runde dreh'n. Sie müssten bald hier sein.«

Wilson, der Liebe. Für mich, einer der edelsten Hunde.

Daniel wollte zu seinen Eltern, so ließ er mir die Zeit, einiges zu klären.

Angst machte sich breit. Es erinnerte mich an meine Schulzeit, wenn ich mit den Hausaufgaben schlampte und des Öfteren nach Hause geschickt wurde. Vermerk: Hausaufgaben nicht ausgeführt. Unterschrift der Mutter. So unterschrieb ich meistens selbst, um Prügel zu vermeiden. Damals war das so, es wurde nicht lange gefackelt. Ich war perfekt im Unterschriften kopieren.

Mein Sohn wäre womöglich entsetzt über meine Schandtaten. Das waren nicht die einzigen, doch das ist, wie so oft, eine andere Geschichte, man wird sie niemals los.

Ich fühlte mich schuldig, genau wie damals. Mir wurde übel. Ich hatte Schwierigkeiten mich auf den Beinen zu halten. Ich sackte zusammen.

Mit einer Atemmaske im Gesicht, einer Infusion, und eine Menge Leute um mich, kam ich in Mirkos Ruheecke zur Besinnung. Glücklicherweise konnte ich klar denken. Mein Freund hielt meine Hand.

»Du bist zusammengebrochen.«

»Hatte ich einen Herzinfarkt? Schlaganfall?«

Meine Hypochondrie meldete sich. Ich war total am Limit. Mein Freund stellte klar:

»Ein Schwächeanfall. Du solltest was essen. Sag was passiert hier? Was machst du hier?«

Die beste Gelegenheit, um alles zu beichten. Ich erzählte ihm alles. Er wusste noch nichts von meinem Brief. Ich ließ nichts aus, auch nicht die Tatsache, dass ich mich in Daniel verliebt habe. Im Moment war alles egal, ich packte die ganze Wahrheit auf den Tisch.

Er zeigte sich gefasst mit diesem Unterton:

»Wir brauchen dringend diese Auszeit. Du solltest dir endlich überlegen, was du möchtest. Ich bin sauer und ziemlich enttäuscht, du hast recht, wir haben die emotionale Nähe zueinander verloren, wir brauchen Zeit, um über alles nachzudenken. Ich will Dich nicht verlieren, das weißt du!«

Nach diesen Worten verließ Gecki ziemlich bedrückt das Lokal.

Daniel mischte sich nicht ein und wartete bereits mit großer Sorge auf mich. Er hatte Verständis, dass ich nicht in der Lage war hierzubleiben und flogen, nachdem wir bei Mirko und Hanne fantastisch gegessen hatten, zurück nach Paris.

Ich verbrachte die restliche Zeit bei Daniel. Er verschob sämtliche Termine um bei mir zu sein.

Wir führten lange Gespräche, sehr lange! Sie stärkten mich und gaben mir den nötigen Rückhalt.

Nach einigen Tagen fühlte ich mich wieder topfit. Wir genossen es und liebten uns unerschöpflich, diese Sehnsucht, jede Faser in uns sprühte vor Lust. Er verstand sein Handwerk. Es war die intensivste Zeit, die wir erlebten, und dennoch wusste ich, es würde nicht auf Dauer sein.

Er kann einer Frau uneingeschränkt alles bieten. Er weiß genau wo man die richtigen Knöpfe drückt. Doch bei einem Mann wie Daniel wird Sex stets im Vordergrund stehen. So blieb ich am Boden der Tatsachen. Der Reiz geht zu schnell verloren, als gäbe es ein Verfallsdatum. Dieser Schalter dreht sich automatisch nach einer gewissen Zeit um... Immer!

So gut es mir gefiel, ich lief langsam auf die Tür »Heimweh« zu. Mir fehlte Regensburg, mein roter Teppich...!

Kommentar meiner Freundin, als ich es ihr am Telefon erzählte: »Dir fehlt dei' Arbeit??«

Wenn du tust was du liebst. Ja!

Es fiel mir trotz alldem unsagbar schwer, Paris und Daniel zu verlassen. Ich litt wie ein Hund. Es war das Gefühl von Heimweh, doch nur im Hinterkopf, wenn die Kindheitserinnerungen wach werden. Nicht leicht, in dieser Situation die Kontrolle zu behalten. Der Abschied von Daniel war absolutes Drama.

Auf dem Flug nach Hause dachte ich über alles nach. War es wirklich nur eine Affäre?

Zeit einiges zu ändern. Ist Sex noch ein Thema in meiner Beziehung? Haben wir tatsächlich die emotionale Nähe verloren? Vertrautheit und Leidenschaft, ich bekomme beides nicht unter einen Hut. Werde weiter recherchieren müssen.

Mir gefällt das Wort Mögen ohnehin besser als das Wort Liebe. Mögen finde ich wichtiger. Ich weiß nicht, ob Liebe wirklich notwendig ist und das tut was es soll.

In einem Interview hatte ich es vor kurzem gelesen. Die Überzeugung, eines meiner Lieblings Schauspielers, ebenso Meinereiner.

Mein Partner wird das Richtige tun. Egal wohin mein Weg mich führt. Meine Aufgeschlossenheit und meine Lebensfreude werde ich nie verlieren. Die Gene meines Vaters. Es ist gut, so wie es ist.

Ob ich im Leben etwas erreicht habe? Eine Eigentumswohnung wäre mein Ziel gewesen, wäre! Wie manches andere. Doch es sind lediglich materielle Dinge. Der rote Faden, der einen verfolgt. Doch wenn ich meinen Sohn ansehe, kann ich es überzeugt mit ja beantworten. Mein ganzer Stolz. Das kann mir keiner nehmen.

Diese sechs Wochen waren unglaublich. Manchmal erwischt es dich. Es steht niemand mit erhobenem Zeigefinger vor dir, wehe du verliebst dich in jemand anderen. Es passiert einfach, doch das ist es nicht. Ich war stets auf der Suche nach etwas.

Wir sollten es in der Schule lernen dürfen: Das Leben, die Liebe. Sie sollten uns die Gebrauchsanweisung zu den Schlüsseln mitgeben, wenn wir auf die Welt kommen. Wie gesagt, es würde vielen Menschen das Leben retten.

Ich musste an meinen Vater denken, es war in den 70ern, seine tiefe Stimme, die manchmal noch wie Musik in meinen Ohren klingt:

»Schätzle, du bist wie ich. Hoffentlich hast du nicht die Gene meiner Untreue geerbt.«

Demzufolge, sag niemals Nie!

Wobei ich die Tür »Untreu« seit meinem 23sten Lebensjahr nicht mehr betreten habe, doch meine Schandtaten zuvor will keiner wissen…Hust!

Ein Hauch von Herzschmerz und Wehmut überfiel mich, auf dem Weg nach Hause. Es erinnerte mich an die Trennungen in meiner Kindheit, ebenfalls an meinen, ich nannte ihn Kuschel-Knutsch-Freund. Wir wurden ungewollt getrennt, als ich mit meiner Mutter und meinem Bruder nach Regensburg zog. Ich war 15 Jahre alt.

Am Nürnberger Flughafen wurde ich von Claire und Dominik abgeholt. Ich liebe diese frische, ehrliche Art dieses Mädchens. Sie hat im Haus, in dem mein Sohn lebt, für ihren restlichen Aufenthalt etwas Passendes gefunden.

In Regensburg angekommen, wollte ich gemütlich den Weg zu Fuß nach Hause geh'n. Vorbei am roten Teppich, meine magische Steinerne Brücke, die mir schon des Öfteren Wünsche erfüllte.

Im Außenbereich meines Stammlokals, am Brückenbasar, ließ ich bei meinem Lieblingseis und einem Espresso, meine unvergesslichen Momente Revue passieren.

Es war eine aufregende Zeit, unvergesslich. Ich durfte wertvolle Menschen kennenlernen. Paris, traumhaft und sehenswert. Eins ist sicher, Daniel und ich werden den Kontakt nicht abbrechen.

Und Lenny? Wir werden seh'n, ob er sich noch einmal meldet.

Zuhause angekommen war es still, unangenehm still!

Noch vor ein paar Tagen hin-und hergerissen, zwischen Paris und Regensburg, fühlte ich mich dennoch wohl in meiner gewohnten Umgebung. Während ich meinen Koffer auspackte, musste ich immer wieder an Lenny denken. Auch wenn ich ihn nicht oft treffen durfte, und mir der Abschied mit ihm unsagbar schwerfiel. Sollte im Grunde

ER es sein...!

Der Fremde, der mein Herz erobert!!

Ich schreckte auf, zu heftig war der Schlag auf die Holztür. Das kann nur mein Sohn sein, er liebt diesen Türklopfer.

»Dominik, bitte das nächste Mal etwas...«

Der Kloß im Hals verhinderte etwas zu sagen, als ich öffnete.

LENNY!!

»Darf ich dich Schatz nennen und so tun als wären wir zusammen??«

Zeitfracht Medien GmbH
Ferdinand-Jühlke-Straße 7
99095 Erfurt, Deutschland
produktsicherheit@kolibri360.de